龍雲
作品

龍雲
作品

龍雲
作品

龍雲
作品

縛靈宿舍
The Dorm Room Ghost
龍雲
B.c.N.y. 繪

縛靈宿舍

The Dorm Room Ghost

第1章・謊言

1

自從那一對雙胞胎兄弟，從鍾馗派分出了鬼王派這個門派之後，兩派之間就一直是不共戴天的世仇，惡鬥了數百年，直至今日。

對曉潔來說，原本這一切正有如當初阿吉所說的一樣，只是一段歷史，跟歷史課本上面所記載的那些知名戰役與過往朝代一樣，大致上了解一些事情的經過，但是讀的人本身卻沒有什麼真實的感覺。

不管是那些赤壁之戰還是淝水之戰，甚至到年代近一點的第二次世界大戰等等，只有透過課本上面的記載，很難想像實際上戰爭有多激烈、殘忍，更難想像那些戰爭帶給人們身體以及心靈上的創傷有多深刻。

但是那些感覺遙遠、難以想像的歷史，在親眼見到鍾齊德的這一刻開始，變成了現實。

光是看到那些遺留在鍾齊德身上的傷痕，完全可以強烈感受到當年的恐怖與殘忍。

然而對親眼目睹過鍾馗派暴行的曉潔來說，雖然可以感受到鍾齊德身上傷勢當時的激烈與殘酷，但卻沒有太過於震撼，畢竟她本身也是這些暴行的受害者，當年在J女中所發生的事情，至今還深刻地烙印在曉潔的心中，所以雖然驚訝，但是並不感覺到意外，因為她確實見識過鍾馗派的殘忍與兇狠。

但是當鍾家續告訴曉潔，傷害他父親的人正是那位名震天下的呂偉道長時，曉潔才真正感覺到震撼。

震撼之餘，更是讓曉潔再次覺悟到自己的天真與不自覺。

面對這些即便相隔多年看起來還是很恐怖的重傷害，曉潔發現自己口中一直所說的「放下仇恨，讓雙方不再互相爭鬥」，似乎有點太過於天真了。

畢竟這可不是一句對不起，就可以被原諒的罪行，而是造成一個人一輩子痛苦的殘忍暴行。完全不知道這些真實的情況，只會開口要雙方和平，放下仇恨，真的讓曉潔覺得自己不只是天真，甚至到了幼稚的地步。

除了這個之外，沒有覺悟到自己的身分太過於敏感，直接答應鍾家續來見他的父親，更是突顯自己的不自覺。

因為曉潔的師父，也就是阿吉，正是這位呂偉道長的得意門生，而且就曉潔所知，呂偉道長在這個世界上，只收過阿吉這麼一個弟子，就輩分來說，曉潔正是呂偉道長的徒孫。這很可能不只是讓自己身陷險境，就連擔心自己而一同前來的亞嵐，也跟著陷入危險之中。

這些都讓曉潔真心覺得自己也太不自覺，竟然輕易就答應這場會面。不過千金難買早知道，現在後悔也來不及了，畢竟自己跟亞嵐已經坐在鍾齊德的面前。

雖然說，不知道雙方的恩恩怨怨，到底誰對誰錯，更不知道當年到底發生了什麼樣的事情，不過現在絕對不能讓對方知道，自己跟呂偉道長之間的關係。

然而曉潔心中這麼想的同時，鍾齊德開口了。

「雖然說家續跟我說了，」鍾齊德對著曉潔說：「妳是本家的人，但是不知道妳是東南西北哪一派的，也不知道妳的師父是……」

想不到鍾齊德一開口，就問出了最讓曉潔不想回答的問題，頓時讓曉潔的腦海一片空白。

「因、因為小時候住在高雄的關係，」曉潔尷尬地說：「所以我出身南派，我的師父是……高梓蓉。」

這是曉潔從一片空白的腦袋中勉強挖出來的謊言，不過這也是不得不的謊言，畢竟就在剛剛這一對父子才告訴自己，自己的師祖把人打成這樣。不管是誰在這種情況之下，恐怕都沒辦法坦白地說出，自己正是那位仁兄的徒孫吧？

因此，即便這個謊言完全不在曉潔的計畫與計算之中，更不符合她平常的個性，但是謊言還是說出了口。

只是曉潔不知道的是，這個謊言可以算是自己在這場會面中犯下的第一個錯誤。

「頑固老高的門下……」鍾齊德沉著臉點了點頭說：「可惜了。」

謊言是說出了口，不過曉潔卻完全沒有心理準備，要好好圓這樣的謊，因此聽到了鍾齊德的回應，頓時真不知道該怎麼回應，甚至連該擺出什麼樣的表情都不清楚。聽到了鍾齊德這麼說，也只能尷尬地笑著點點頭當作回應。

「我有看到新聞，」鍾齊德凝視著曉潔說：「聽說是場滅門的血案。」

當然，關於南派滅門的這件事情，曉潔非常清楚，還看過現場拍攝下來的恐怖照片，甚至連兇手是誰都知道，不過因為腦海一片空白，才完全沒想到這件事情，而臉上那尷尬的笑容，在此刻也顯得特別突兀。

是的，不管是誰都知道，這絕對不是一個應該擺出笑臉的事件，自己的師門被人滅門，但是身為很可能是唯一的倖存者卻還笑得出來，這不管是誰都會覺得突兀，就連一旁的亞嵐，確實都覺得有點怪怪的。

同樣自覺到這點的曉潔，立刻沉下了臉，不過為時已晚，那詭異的笑容已經讓現場的氣氛顯得有點僵了。

當然亞嵐可以了解，這場會面對曉潔來說壓力非常大，因此有點失常，不算什麼意外的事情。

不過就亞嵐所知，關於曉潔的師父，應該是個叫阿吉的才對，所以當曉潔說出自己的師父是高梓蓉的時候，亞嵐的臉色確實顯得有點訝異，雖然阿吉聽起來也不像是本名，不過高梓蓉三個字怎麼想也不會變成外號叫阿吉的人吧？

不過，終究不是件亞嵐很確定的事情，因此亞嵐也沒有太大的反應。

然而兩人此刻的一舉一動，都逃不過只剩下一隻眼睛的鍾齊德眼中。

「我不會太矯情，」鍾齊德仰起頭來說：「說什麼感同身受、節哀順變這種不切實際的話，不過我認為不管是誰，都不應該死得那麼慘。」

這時的曉潔臉上已經完全看不見笑容，腦海之中也不自覺浮現出當時陳檢察官給自己看的那些照片。

「只是……」鍾齊德凝視著曉潔說：「聽說兇手還沒有抓到，我想妳一定已經被警方偵訊過好幾次了吧？尤其是……」

說到這裡鍾齊德停頓了一下，過了一會之後才緩緩地說：「妳很可能是南派現在唯一倖存下來的弟子，警方那邊應該不會放過妳吧？應該會追著妳想要找到更多線索才對。」

曉潔可以聽得出，鍾齊德話中有話，不過卻不是很清楚他的意思到底是什麼，或許是懷疑自己知道些別人不知道的內情，也或許是想要引自己說出什麼情報。

在腦袋一片空白的情況之下，曉潔完全失去了解讀與判斷的能力，內心只有非常強烈希望可以盡快熬過這場會面的心情。

「面對這樣的慘案，」鍾齊德接著問：「其他派的人沒有給妳一點協助嗎？」

曉潔緩緩地搖搖頭。

「雖然說，」曉潔勉強地解釋：「我的師父是高梓蓉，不過對於鍾馗派的事情，其實我知道的不是很清楚，那些人對我來說都是長輩……」

「就連……」沒讓曉潔說完，鍾齊德追問：「號稱是現在鍾馗派領導者的北派，也沒跟妳聯絡？」

「……沒有。」曉潔盡可能不動聲色地否認。

整體來說，這些回答不算是全然的謊言，曉潔確實跟其他鍾馗派的人沒有聯絡，即便是在他們生前，除了少數一些南派的高梓蓉等人，幾乎沒有幾個認識的。

聽到曉潔的回答，鍾齊德若有所思地抬起頭。

面對這個上一代的鬼王派傳人所提出的問題，讓曉潔感覺到莫名的壓力，比起先前被陳檢察官訊問的時候，壓力還要更加沉重。或許這是因為曉潔說謊的心虛，讓曉潔感覺就好像真的是犯人見到懷疑自己的檢察官一樣。

看著這樣坐立難安的曉潔，鍾齊德的腦海裡面，浮現出了一句話。

「應該……可以吧。」

浮現出這樣一句話的同時，鍾齊德瞇起了眼，那隻這些年來支撐著自己的腳，也略微踮起了腳尖。

雖然曉潔跟亞嵐完全沒注意到鍾齊德的這些細微變化，不過站在一旁的鍾家續，卻立刻注意到父親鍾齊德的這些小動作。

鍾家續先是瞪大雙眼，愣了一下，然後猛然朝著桌子一拍。

砰的一聲，雖然沒有很響亮，不過這一拍確實嚇到了曉潔跟亞嵐，兩人看著鍾家續。

「我想，」鍾家續冷冷地說：「今天會面就到這裡吧。」

鍾家續說完轉過頭，看著自己的父親鍾齊德。

鍾家續這突如其來的舉動，當然不只嚇到了曉潔與亞嵐，也讓鍾齊德嚇了一跳，他用僅剩的那隻眼睛瞪視著鍾家續。

兩父子之間，頓時就好像對峙一般，互相凝視著對方。

曉潔可以清楚感覺得到，氣氛彷彿瞬間凍結一樣，降到了極點。

不管是曉潔還是亞嵐都是一頭霧水，完全不知道到底發生什麼事情，讓這對父子兩人像是瞬間變臉了一樣，沉著臉瞪著對方。

這樣的對峙雖然不過短短幾秒，但是卻讓曉潔覺得好像過了很久。

對峙的最後，鍾齊德低下了頭，點了一下，語氣平和地說：「好吧，家續你就送她們兩個出去吧。」

雖然說曉潔不知道為什麼會發生這樣的情況，不過聽到這句話，還是很快地站起身來，畢竟快點結束這場會面，確實是現在曉潔心中最希望的事情。

這讓曉潔不自覺地猜想，剛剛或許就是因為彼此之間的氣氛真的太差了，怕自己的父親情緒會失控，所以鍾家續才會介入。

不管怎麼說，可以終結這一次的會面，當然對曉潔來說真的是鬆了一口氣。

曉潔跟亞嵐站起身後，跟著鍾家續離開。

但是兩人不知道的是，鍾家續剛剛的舉動所代表的意義，遠遠超過兩人能想像的程度。

而雙方歷史性的會面，也在這裡正式畫下一個句點。

2

鍾家續帶著曉潔跟亞嵐，默默地離開了自己的家。

或許真的是因為剛剛的場面過於緊繃，導致三人離開屋子之後，有一段時間都沒有人開口說話。

三人一路保持著沉默，一直到了捷運站外，鍾家續才打破沉默。

「真是不好意思，」鍾家續淡淡地說：「我的父親有時候精神狀況不是很好，所以對不熟的人來說，可能脾氣有點古怪。」

雖然鍾家續這麼說，不過曉潔這邊除了感受到莫大的壓力之外，其實整體下來，鍾齊德似乎也沒有讓人覺得不妥的地方。

「不，沒關係。」

「不過不管怎麼樣，」鍾家續說：「還是很謝謝妳今天賞臉，當然另外一件我答應妳的事情，我也會遵守諾言。」

「好。」曉潔點了點頭。

「那我就送到這裡了，」鍾家續對兩人說：「我先回去了。」

鍾家續說完轉身離開，一旁的亞嵐見了，拚命努著下巴暗示曉潔。

當然以兩人之間的默契，即便亞嵐沒有開口明說，曉潔也知道亞嵐是什麼意思。

雖然曉潔有點不太願意，好不容易擺脫尷尬的場面，這一問可能又尷尬了，不過說穿了，自己心中當然也有點好奇。

「那個……」曉潔叫住了鍾家續。

鍾家續停下腳步，回頭看著曉潔。

「我沒有要評論的意思，」曉潔皺著眉頭說：「不過我是真的很想知道，當年到底發生什麼事情。」

鍾家續沉吟了一會之後，緩緩地點了點頭。

三人在鍾家續家的附近，找到了一間可以坐下來好好聊聊的咖啡廳。

在稍微整理了一下情緒之後，鍾家續盡可能把自己所知道的事情，告訴曉潔與亞嵐。

「對於當年的事情，」鍾家續沉著臉說：「我知道的也不是很詳細，只知道個大概，因為就像妳們看到的一樣，那件事情徹底改變了我爸的一生，所以我不想勾起我爸不愉快的回憶，即便是我，也盡可能不提起當年的事情，總是等著我爸想提的時候才會提起。也因此我知道的情況，沒有那麼詳盡，只知道……」

鍾家續停了一會，在腦袋裡面稍微整理一下該從何說起。

「妳知道我們兩派之間在清朝時期發生的大戰吧？」

曉潔跟亞嵐點了點頭。

「清朝大戰以後，我們這邊持續衰敗，」鍾家續攤攤手說：「沒辦法，誰叫我們是輸的一方呢。」

即便已經經過了這麼多年，鍾家續說起這件事情，還是忍不住酸了一下，不過曉潔這時候也知道，正因為這個關係，導致鍾家續長年被關在家裡，因此對於此刻他心中的不平，倒也不是完全不能理解。

「就好像俗話說的，」鍾家續說：「夫妻本是同林鳥，大難來時各自飛。連夫妻都如此了，更不用說……」

鍾家續搖搖頭嘆了一口氣。

「這一戰我們敗得太慘，」鍾家續接著說：「在那之後，陸續有人離開這條道路，甚至有人直接向本家投降，只是聽說那些人，最後下場都不是很好。」

說到這裡，鍾家續忍不住冷笑了一下。

「後來真正到了台灣的，」鍾家續說：「只剩下一隻手數得出來的幾家，然後再經過這些年，就我所知就只剩下我們一家了。姑且不論那些恩怨與是非，在這種情況之下，為了自保也為了想盡辦法生存下去，當然就只能盡可能隱姓埋名。」

雖然很同情鍾家續他們這一家人的遭遇，不過就像曉潔一開始所說的，她不打算評論這一切，畢竟這些過去的事情，只要換個角度，就會有完全不一樣的故事，在沒有通盤了解之前，很難公正地判斷出任何是非。

「事情就發生在我爺爺那一代，」鍾家續面無表情地說：「聽說我們有個親戚，成為了本家的走狗，背叛了我們家，並且把我們的資料告訴了本家，甚至打算帶本家來把我們都給殺了。因此為了阻止這個叛徒，也為了保護自己的家人，我爺爺帶著我爸，一起找上了這個叛徒，打算清理門戶。」

聽到鍾家續這麼說，曉潔皺起了眉頭，似乎對鍾家續所說的話，感覺到有點疑惑，鍾家續見了，也了解曉潔疑惑的點在哪裡。

「會這麼做，」鍾家續解釋：「主要就是因為這關係到我們一家人的存亡，如果叛徒真的把資料告訴了本家，那麼那個禁止出門的規矩，也完全沒有意義了，不是嗎？」

曉潔點了點頭。

「另外還有一個原因，」鍾家續沉吟了一會之後說：「或許妳們會覺得我是在幫自己家人講話，不過，我只是單純把我知道的事情陳述出來。聽我爸說過，我爺爺不是一般人，單純就道士來說，他的道行恐怕比起當年我們的祖師爺，就是創立鬼王派的那位祖師爺，有過之而無不及。」

曉潔與亞嵐似懂非懂地點了點頭，因為就兩人來說，對於鬼王派的了解，其實非常淺，兩人甚至不知道那位創立鬼王派的祖師爺到底有多強。

「所以，」鍾家續說：「對付那個叛徒，雖然爺爺認為自己不可能會輸，不過終究是關係到我們一家的命運，所以把我爸帶上，就是為了知道最後的結果。如果爺爺不敵輸了，那麼我爸還可以連夜逃跑，不要回到這個家中。因此才會把我爸一起帶上，當然，這是我自己猜想的，至於當時爺爺怎麼想，可能也只有他自己才知道。」

亞嵐與曉潔點了點頭。

「就這樣，」鍾家續接著說下去：「爺爺跟我爸找上了那個叛徒，誰知道那個叛徒，竟然找了本家的人當作幫手，而那個幫手，正是呂偉。」

雖然有心理準備，但是聽到了呂偉道長的名字出現在這個故事裡面，還是讓曉潔內心感覺到震了一下。

「就像我剛剛說的，」鍾家續說：「我爺爺是真的很厲害，在叛徒跟呂偉的聯手之下，我爺爺確實殺了那個叛徒，不過也被呂偉殺了。我爸一直躲在暗處，看著這場決鬥，想不到被呂偉發現，於是呂偉就把我爸……」

當然，接下來的狀況不需要鍾家續說，光是看鍾齊德身上的傷勢就大概可以清楚了。

「當年你爸多大了？」亞嵐問。

「印象中他是說剛升大學不久，」鍾家續說：「就跟我們現在差不多大。」

聽到鍾家續這麼說，會面當時那種不自覺跟天真的感覺又再度浮現在曉潔的心中。同樣是這個年紀，不管是曉潔還是鍾家續都還在摸索著自己未來的路，但是鍾齊德卻已經面對到這些歷史的共業，相比之下這樣的自己，就好像溫室裡的花朵一樣。

「……這就是當年發生的事情，」鍾家續淡淡地說：「也是讓我爸一輩子都成為那樣的原因。」

在知道了事情大概的經過之後，曉潔點了點頭，三人之間又沉默了一會。

「或許真的有點天真，」曉潔對鍾家續說：「我也不會說那種，放下仇恨之類不切實際的話，不過……對於和平相處這件事情，並沒有改變，我還是希望我們可以和平共處。」

鍾家續沉吟了一會之後，緩緩地點了點頭。

「我知道，」鍾家續說：「我也是這麼想，我爸那邊，如果有什麼意見的話，我會想辦法慢慢跟他溝通。」

聽到鍾家續這麼說，曉潔鬆了一口氣，臉上浮現出笑容。

而鍾家續臉上也終於出現了今天的第一個微笑。

是的，放下仇恨，展望未來，這才是現在兩人應該做的事情。

但是，事情卻往往沒有那麼簡單，畢竟兩派爭鬥了那麼多年，有了那麼多的歷史傷痕。

即便現在兩人看起來是絕對可以和平相處，但是只要有一點點風吹草動，就可以吹皺一池春水。

只是這點不管是曉潔還是鍾家續，都還沒有這樣的覺悟。

3

雖然那場會面，帶給曉潔很大的震撼與壓力，但是回想起來，這似乎是一條難以避免的路。如今不管是曉潔還是鍾家續，都算是熬過來了，最後得到的結果，也比曉潔想像中還要好。

或許，從這裡開始，才是真正的和平之路。

畢竟就像社會的歷史和解一樣，如果不去正視那段不堪的歷史，讓自己的情緒沉澱，就很難找到一條和解的路。

今天，在這場會面之後，曉潔有信心一切都會朝著自己想要的道路去走。

當然，對亞嵐來說，還是很難接受這兩派之間的恩怨，畢竟她接觸鍾馗派的時間很短，更沒有親眼看過那些陰謀與災難，因此很難以想像。所以今天的故事本身，或許比起兩派之間的恩怨，還要更有吸引力。

因此在回家的路上，亞嵐當然立刻跟曉潔討論了起來。

「妳覺得鍾家續說的故事，」亞嵐皺著眉頭說：「有幾分真實性呢？」

曉潔搖搖頭說：「我也不知道。」

「不過，」亞嵐想起會面時候曉潔說的話，問道：「我記得妳的師父不是叫阿吉嗎？」

聽到亞嵐這麼問，曉潔無奈地笑了出來。

「嘟嘟妳的記憶力……」曉潔笑著說：「還記得過年的時候，妳到我廟裡幫忙過嗎？」

「嗯。」亞嵐點點頭。

「我們二樓有間紀念館，妳記得嗎？」

「記得啊。」

「記得名字嗎？」曉潔笑著問：「就是那個寫在門上面的名字。」

「什麼生命紀念館的……」

「呂偉道長生命紀念館。」曉潔幫亞嵐補足。

亞嵐聽了先是一愣，然後張大了嘴。

「所以呂偉是妳的……」

「呂偉道長就是我師父阿吉的師父。」

「難怪妳說妳師父是什麼蓉的。」亞嵐摸著下巴說：「我就記得妳師父是阿吉，不過也難怪妳不敢說，那種情況之下，就算是我也不會說。」

曉潔點了點頭，不過心中還是對說了這個謊，感覺到有點愧疚。

或許，在這件事情過後，自己可以再跟鍾家續好好解釋一下，不過解釋的時機，一定要選好。她可不希望為了這件事情，衍生任何不必要的爭端。

「不過如果是這樣的話，」亞嵐皺著眉頭說：「這個故事對妳來說應該更有意義吧？妳都沒有懷疑過故事的真假嗎？」

「說沒有懷疑是騙人的，」曉潔沉著臉說：「不過……」

確實那時聽鍾家續講那件事情的時候，曉潔心中不免也會揣測故事的真實性。

倒也不是完全幫呂偉道長，也就是自己的師祖講話，不過曉潔覺得單純就這個故事而言，確實有一點點不太對的地方，不過又似乎沒有什麼太大的不對。

整個故事聽下來，就像鍾家續所說的，只有一個大概，不過倒有許多地方，有留下讓人可以想像的空間。

首先就是討伐叛徒這件事情，這個叛徒是誰，為什麼會背叛自己家的家人等等，不管是動機還是對象，都不是很清楚。尤其是從阿吉的態度看起來，鍾馗派本身很多人應該壓根兒不知道鬼王派還有繼承人，或許在這種情況之下，還有背叛的價值，可是就結果來說，有一個地方很不合理，就是最後的結果。

既然最後活著離開的人是呂偉道長，那麼為什麼阿吉不知道鬼王派還有繼承人，又為什麼呂偉道長在得到了資料之後，沒有追殺鍾齊德。

不過關於這點，曉潔自己也有想到另外一個可能性。

那就是呂偉道長很可能真的覺得鍾齊德已經死了，畢竟受到那種重傷，能夠活下來確實有點奇蹟，這或許可以解釋，為什麼後來呂偉道長沒有循著地址找上門。

不過讓曉潔最驚訝的地方，是呂偉道長到底是從哪裡有那樣的威力，可以將人打成這樣。

畢竟現在呂偉道長的所有東西，都傳承在曉潔身上了，裡面可沒有能讓人變成超人般的功夫，如果呂偉道長天生神力，那就另當別論，不過如果真的是這樣，阿吉一定會提到吧？

對此曉潔也想到了另外一個可能性，說不定動手的人是那個叛徒，或者是用武器。

可是鍾家續又說，那個叛徒是他們自己的親戚，親戚真的可以下這麼重的手嗎？

不過既然當了叛徒，自然也不會管自家人死活，這倒也是真的。

曉潔把自己這些想過的事情，通通告訴亞嵐。

「總之，」曉潔說：「這個故事聽起來似乎有很多疑點，但是卻都不是完全不合理。不過……我剛剛才想到，先不要管故事裡面的細節，光是這件事情，可能確實有發生過。」

「怎麼說？」

「呂偉道長在我們鍾馗派有個稱號，」曉潔說：「叫做一零八道長。就是因為這個稱號，我們的那間廟才會被稱為么洞八廟。」

「嗯，我有聽妳說過。」

「這個稱號是因為我們鍾馗派把所有靈體分成一百零八種，」曉潔解釋：「而呂偉道長是在鍾馗祖師之後，唯一一個制伏過所有一百零八種靈體的傳奇道長。」

聽到曉潔這麼說，亞嵐的雙眼瞪大發出了充滿興趣的光芒。

「我應該早點想到的，」曉潔用手揉了揉額頭：「在我們的原始口訣之中，確實包含了人逆靈與人逆魔，不過當時口訣裡面所指的，其實並不是鬼王派或者墮入魔道的這些人……」

曉潔向亞嵐解釋，在口訣之中，關於人逆靈跟人逆魔之間的差別。

所謂的人逆魔，就是出生之前，就墮入魔道的人。

這點其實曉潔確實在過去她們看電影的時候，有告訴亞嵐了。

像是電影「天魔」那種，其實就是所謂的人逆魔。

還沒度過幼兒時期，有些甚至在出生之前，就被用各種方法，墮入魔道的人，在分類上，確實就被歸類於人逆魔。

而在鬼王派出現之後，人逆魔其實大部分所指的就是鬼王派的人，由於鬼王派除了第一代之外，都是從小就墮入魔道，因此在分類上，都被歸類在人逆魔。

而原始口訣之中，所謂的人逆靈，則是修行正道，最後卻走火入魔，或者因為自身的選擇，墮入魔道、濫用邪法等人。

在第二代出現了血染戲偶因而威力大增的情況之後，像劉易經與阿畢這種，大半輩子都是鍾馗派道士，卻在最後步入魔道的，則屬於人逆靈。

因此其實不需要鍾家續多解釋，呂偉道長真的對付過鬼王派的人這點，曉潔應該早就知道了，正因為呂偉道長被稱為么洞八道長。

那麼被歸類在人逆魔底下的鬼王派，很可能就是呂偉道長對付過的人。至於呂偉道長打倒的人逆靈，就是劉易經。

「所以，」亞嵐聽完之後，點了點頭說：「妳覺得呂偉道長收服過的一百零八種靈體之中，那個人逆魔就是鍾家續的爺爺？」

「很有可能。」曉潔說：「畢竟人逆魔並不容易遇到。」

「那妳覺得，」亞嵐說：「呂偉道長真的……做得出那種事情嗎？把人打成這樣。」

「我不知道，」曉潔搖搖頭說：「我甚至想不到有任何人可以做得出這樣的事情。」

雖然說曉潔不知道過去發生了什麼事情，不過有一件事情，至少曉潔非常確定。那就是不管過去的恩恩怨怨，都不應該擋住眼前的道路，如果讓過去束縛住，那就真的沒有未來了。

至少現在，鍾馗派跟鬼王派之間沒有像過去那樣緊張、對立，對曉潔來說，這就夠了。

只是曉潔沒想到的是，每個「過去」都是塑造出「現在」的小拼圖，這些事實並不會因為無視而改變，而過去的陰影，更有可能遮蔽住眼前的道路，破壞一切，就像——

那些靜靜佇立在宿舍的縛靈一樣。

4

六年前——

鍾家續只看到眼前一陣黑，下巴就傳來一陣劇痛，整個人也向後一仰，一屁股摔倒在地上。

可惡！

比起下巴傳來的痛楚，更讓鍾家續難受的還是這種挫敗的感覺。

「怎麼啦？」父親鍾齊德的聲音傳入家續的耳中：「連我這個殘障的老頭都打不贏，還整天吵著想要出去試試看自己的功力？」

鍾家續感到不甘心，因此即便下巴還感覺到疼痛，還是立刻從地上爬起來。

拉開與鍾齊德之間的距離，鍾家續一雙眼睛怒目瞪視著自己的父親。

當然，這眼神不是因為跟父親吵架，而是試圖想要看出到底是什麼原因，讓自己一次又一次的被打倒在地上。

這時候的鍾家續剛升國中，該學的、該會的，鍾家續都已經學會了。

但是那些對付惡靈的東西，完全沒有任何可以實習的機會，唯一有點實戰經驗的，可能就屬於現在這個逆魁星七式了。

不過所謂的實戰經驗，其實對手也只有一個，就是自己半邊身體全廢了的老父親。

即便如此，鍾家續也不曾打贏過自己的父親鍾齊德。

明明到了國中，身體的發育越來越強壯，就連鍾家續都覺得自己的體能狀況，正逐漸步向高峰，不過就是沒有辦法對付父親不但殘障，而且已經開始老化的肉體。

雖然說身體有殘缺，不過也這樣過了數十年，因此鍾齊德即便只有單手單腳可以靈活動作，不過比起些雙手雙腳都能跑能跳的人來說，不見得遜色到哪裡去。這是因為長年的鍛鍊，加上內心的恐懼，讓鍾齊德近乎瘋狂地訓練著自己。說白了，就是擔心那個恐怖的男人終有一天會找上門，因此不斷想盡辦法鍛鍊自己，以應付那個到頭來都沒有來到的一天。

這些鍛鍊再加上平時生活所需，即便只有單手，但是鍾齊德的逆魁星七式，卻還是有一定的威力。

在鍾家續小學三年級的時候，開始學習逆魁星七式，大概花一年多的時間，就已經學會了所有的招式，然後又花了一年多的時間練習，將所有招式都熟練了之後，鍾齊德才開始跟鍾家續對練。

畢竟任何一套功夫都是如此，即便已經學會了所有招式，但是想要在實際上運用這些招式，都需要經過許多類似實戰般的練習，逆魁星七式也不例外。

於是兩人開始對練，一開始對練的規則很簡單，就是由鍾家續，用盡自己所學，來攻擊坐在椅子上的鍾齊德，只要能夠碰到鍾齊德的胸口，就算是成功了。

原本，鍾家續覺得只要試個一兩次，應該就能夠成功，畢竟坐在椅子上的鍾齊德，完全沒有移動，就好像是個練詠春的時候靜止不動的木樁一樣。

可是當鍾家續運用自己所學的逆魁星七式，對坐在椅子上沒有移動的鍾齊德發動攻勢時，鍾齊德總是能夠化解，並且將鍾家續給打飛——就好像現在這樣。

這讓鍾家續感覺到萬分的挫折，因為他覺得自己已經學得很好，但是卻完全不是自己父親的對手。

這幾十年殘障的日子，讓鍾齊德的單手單腳，比一般人更靈活、強壯，即便只有一隻眼睛，那觀察力比任何鍾家續看過的人還要銳利。

因此光是看到鍾家續的第一個動作，鍾齊德就已經知道鍾家續接下來會朝哪裡進攻，所以幾乎不需要太費力，可說是只要把拳頭伸到那裡鍾家續就會自己撞過來。

看到一次又一次的挫敗，而感覺到灰心的鍾家續，身為父親的鍾齊德終究還是不忍心。

「不要只是想著要如何進攻，」鍾齊德對咬牙切齒的鍾家續說：「更要看清楚別人如何防守。這套功夫，不是只讓你學會揍人，而是要你學會觀察。」

當然，道理是很簡單，幾句話就可以說完，不過要實踐，可就是要花許多功夫練習，甚至還不見得能夠徹底實行。

因此即便鍾家續已經瞪大了雙眼，仔細看著父親如何一次又一次把自己打飛的，還是沒辦法看出一點端倪，有幾次鍾家續甚至不知道父親鍾齊德到底是用手還是用腳把自己打飛的。

不過在這樣一次又一次被擊退的過程之中，鍾家續終於抓到了鍾齊德一點習慣，正確的說法應該是比起觀察來說，身體反而更早一步抓到了鍾齊德的習性。

那就是鍾齊德每次只要準備動手時，總是會不自覺地略微瞇起眼睛，踮起腳尖，而鍾家續每次進攻到一半，只要注意到鍾齊德有這些動作，自己立刻就會被打飛。因此只要一看到父親的模樣，身體就會不自主地僵硬，就好像要被老師打的學生一樣。

透過這樣的身體反應，讓鍾家續終於找到了父親的一點習慣。

即便如此，直到鍾家續真正通過這個考驗，也是一年後的事情了，不過在那之後，父親便以站立之姿跟鍾家續對練，這個關鍵也幫助了鍾家續通過了這關。

在國中畢業的那年，在經過一次對練之下，鍾家續終於靠著這個關鍵，搶得了先機，也讓鍾齊德終於點了點頭，認同鍾家續在逆魁星七式這方面的成果。

而那一次，也是父子倆最後的對練，然而即便又過了這三年，父子倆在這期間沒有交手過，但是鍾齊德這些小動作早已經烙印在鍾家續的腦海之中，不曾忘記過。

然而就在剛剛，也就是在與葉曉潔會面的最後，那熟悉的動作又出現了。

鍾家續非常清楚，這是自己的父親鍾齊德，正準備偷襲曉潔的動作。

站在家門前，鍾家續心情還是感覺到非常混亂，因為這完全出乎了自己的意料之外。

這些年來，父親鍾齊德的精神狀況不是很穩定，不過不管什麼樣的精神狀況，都不是那種說動手就動手的人。雖然對自己的教育很嚴格，但是絕對不是個不講道理的人。

雖然就連鍾家續自己也不得不承認，這場會面確實有很重大的意義，氣氛也很僵，不過還不至於到會讓人動手的局面才對。

尤其是剛剛，如果父親真的動手，毫無準備的曉潔絕對會被打傷，甚至會被活活打死也不一定。父親雖然年邁，但是要動手傷害一個毫無準備的小姑娘，絕對沒有什麼問題。

只是這樣做，也未免太差勁了一點。

就算是自己的父親，鍾家續也覺得難受。

因此，抱著即便好好吵一架，也要問個清楚的決心，鍾家續打開了家門。

進到屋子裡面，鍾齊德仍然坐在那個位置上。

鍾家續冷冷地走到了另外一邊，然後坐了下來，這個位置正是剛剛曉潔所坐的位置。

「為什麼？」鍾家續瞪著鍾齊德的臉，沉著臉問：「這就是這次會面的目的？」

父親鍾齊德沒有回應，僅剩的那隻眼睛，毫無任何羞愧地凝視著鍾家續。

「如果是這樣，為什麼不告訴我？」鍾家續說。

「告訴你……」鍾齊德緩緩地說：「你剛剛就不會妨礙我了嗎？」

「我會直接回絕這一次的會面，不會約她到家裡來，」鍾家續瞪大了眼說：「爸，你到底是怎麼了？如果我們這麼做，跟當年那個叛徒不是一樣嗎？」

聽到鍾家續這麼說，鍾齊德的臉也沉了下來，早年留下的那些傷疤，此刻也扭曲成一團，看起來十分恐怖。

但是面對這樣的憤怒，鍾家續沒有半點畏懼，也是沉著臉瞪著自己的父親。

因為他相信，自己的父親不可能是個會在背後偷襲人的小人，那是本家不長進的無恥道士才會做的事情，不是他們，不是這個鍾家會做的事情。

即便生活在壓迫之中，他們仍然有著一身傲骨，即便生活在恐懼之中，他們仍然保有自己不屈的魂魄。這就是讓鍾家續引以為傲的鍾家魂。

為了這個信念，他在打開那扇家門回家的時候，已經有所覺悟，就算要跟父親撕破臉，也要堅持這樣的想法。

對一個毫無準備的女人下手，絕對不是他們鍾家的作法，至少，這正是眼前這個父親從小到大教育自己的道理。

所以對於今天鍾齊德準備要偷襲曉潔這件事情，鍾家續說什麼都沒辦法接受。

當然，即便沒有開口，鍾齊德怎麼會不了解這個自己從小帶到大的孩子呢？

因此，兩人在對峙了一段時間之後，鍾齊德那銳利無比的眼睛，逐漸緩和了下來。

「家續啊，」鍾齊德語重心長地說：「你還太年輕，這社會很多東西你並不清楚。」

聽到鍾齊德這麼說，鍾家續臉上浮現出不耐煩的表情。

年紀，又是年紀。

這些年來他聽過類似這樣的話已經不下百次了，年輕不應該是個原罪。

不過既然做父親的都已經和緩下來，鍾家續當然也沒有繼續跟父親對峙的理由。

「就算爸你說得對，」鍾家續耐住性子說：「我經驗不足，所以不清楚，但是曉潔也不清楚啊，我們都沒有經歷過你們的年代，這或許是我們年紀輕，不過也說不定就是因為這樣，我們可以達成你們做不到的事情啊。」

「像是……」

「像是放下成見，和平共處啊。」

聽到鍾家續這麼說，鍾齊德的臉又沉了下來。

「是，」鍾家續接著說：「我知道那件事情，當然我也很氣、甚至很恨那個叫呂偉的，不過這些都跟曉潔無關啊，現在那個呂偉也死了，這是爸你自己說的，總不能見到本家的人，都得要幫那個呂偉背黑鍋吧？」

鍾齊德抿著嘴，凝視著鍾家續。

「這些年我一直認為，」鍾齊德搖搖頭說：「你的天分很好，所有東西學習得很快，而且就連觀察力，也讓我覺得驕傲。我一直相信，你可以真正為我們家帶來跟你名字一樣的未來。讓我們這個已經快要不行的家庭，延續下去。」

鍾家續沉著臉，不發一語，因為他很清楚，父親說這席話絕對不是單純的讚賞。

「不過今天我對你挺失望的，」鍾齊德說：「你真的都沒有懷疑過那個本家的小姑娘？你不覺得她其實沒有那麼單純嗎？」

「我不覺得她有什麼好懷疑的。」

「你就那麼相信她？」鍾齊德搖搖頭說：「你從頭到尾都在被她耍啊，你還看不出來嗎？」

「爸你這麼說有什麼證據嗎？」

「不是證據的問題，」鍾齊德用手比著鍾家續坐的位置：「就剛剛她說的話，你真的聽不出來，那個本家的小姑娘在說謊嗎？就當著你我的面。」

「啊？」

「那小丫頭在說謊，」鍾齊德仰起頭說：「她……絕對不是高梓蓉的弟子。」

「不然呢？」

鍾齊德沒有回答，從桌子旁邊拿起一張紙，然後在紙上面寫了些字，寫了一會之後，將紙推到了鍾家續的前面。

「明天早上，」鍾齊德說：「你就到這個地方看看吧，到時候你就會知道，爸爸說的是真的還是假的。」

看著那張紙，上面寫著的是一個住址。

「這是哪裡？」

「呂偉的廟宇，」鍾齊德面無表情地說：「也就是人稱的么洞八廟。」

聽到鍾齊德這麼說，鍾家續瞬間變臉。

「明天早上就去看，」鍾齊德冷冷地說：「看完之後，我們再繼續這些對話……」

鍾家續將紙拿起來，默默地收入口袋。

這是個非常嚴重的指控，如果一切真的跟父親所說的一樣，自己從頭到尾都被耍，葉曉潔根本就跟呂偉有關，那麼……

所謂的和平，就只是假象。

第2章・呂偉道長的形象

1

形象，決定了別人對待自己的態度。雖然很膚淺，但是現實往往便是如此。

這正是為什麼公眾人物，需要維持自己形象的原因。

畢竟要了解一個人，往往需要多年的時間，所以這種近乎偏見的形象，決定了我們看一個人的角度。

就好像透過一個殺人案件去認識了一個兇手，殺人兇手就是他的形象，雖然他可能私底下很孝順，或者是心地還算善良，這些都不會改變大眾看他的角度，因為我們只知道，他是個兇手。

或許等我們了解這個兇手，會發現很多不一樣的東西，不過我們並沒有那種時間與閒情逸致，去一一了解每個可能在你生命之中擦肩而過的人，因此在大部分的情況下，一個人的形象決定了我們看一個人的角度，更決定了我們對待那個人的態度。

對曉潔來說，呂偉道長跟殺人兇手，剛好完全相反。

一個傳奇、一個俠客、一個偉大的道長，這些都是呂偉道長的形象。

在么洞八廟的一樓正殿，供奉的是驅魔真君鍾馗祖師，二樓就是呂偉道長生命紀念館，其地位幾乎就好像神一樣被人供著，只差沒有立個雕像或者神像供人瞻仰。

然而，就好像從新聞得知一個人的情況一樣，曉潔心中所有關於呂偉道長的事蹟，都不是親眼所見，甚至不是第一手的資訊。就像當年所發生的事情，由於發生的時間太早了，就算現在阿吉還在，從阿吉口中聽到的訊息，恐怕也只是呂偉道長或其他人轉述之下的情報。

因此就算真的問了，很有可能會像羅生門那樣，各說各話。

在回到廟裡第二天，鍾齊德的模樣還是深深烙印在曉潔的腦海裡面，揮之不去。

來到了呂偉道長生命紀念館，仰望著牆上呂偉道長的相片，試圖想要在腦海裡面想像到底當年是什麼樣的情況，讓呂偉道長會這樣對鍾齊德下這麼重的手，不過光是想像呂偉道長兇狠的模樣，都讓曉潔感覺到有點困難。

不管怎麼看，照片上呂偉道長都比較接近所謂的溫文儒雅，完全看不出殘暴的模樣。

不只有照片上是如此，就連他的鍾馗戲偶，也很特別，是個穿著一襲白衣的鍾馗。這些都跟曉潔腦海中的呂偉道長形象比較接近。

而且如果仔細端詳呂偉道長的面容，不知道為什麼曉潔看起來，總覺得有點病容的感覺，不管哪一張看起來，都有種大病初癒的感覺。

以前不覺得，或許是因為一開始看到的呂偉道長，就是這些照片。不過自從看過呂偉道長年輕時候的照片，就是那些收藏在浴室旁邊的房間裡面的照片之後，相比之下很明顯看得出來變瘦、變老，才會讓曉潔有種大病過一場的感覺。

因為看著照片，實在很難想像，因此曉潔決定去找何嬤聊一下，畢竟何嬤可能是現在唯一一個曉潔認識的人中，看過並且熟悉呂偉道長的人。

阿賀雖然小時候有看過，不過幾乎沒有什麼接觸，等到他來廟裡工作的時候，呂偉道長也已經不在了，所以了解肯定不深。

但是何嬤打從么洞八廟創立以來，就一直在這座廟裡服務，幾乎所有青春都獻給了這座廟，當然身為一個長年在么洞八廟工作的何嬤來說，不能算是中肯的意見，不過多少應該也問得出一些端倪吧？

像是脾氣、個性等等，應該都可以旁敲側擊一下。

剛好這時候的何嬤，沒有什麼事情在忙，正坐在辦公室裡面看著手機打發時間，曉潔立刻湊上前問。

「那個，何嬤，」在寒暄幾句之後，曉潔切入重點：「呂偉道長的脾氣好不好啊？生氣的時候會不會很恐怖？」

「老爺的脾氣？」何嬤一臉狐疑：「怎麼妳最近好像對老爺以前的狀況很感興趣喔？」

「嗯，因為最近聽到一些呂偉道長把人家打殘的傳聞，所以特別來問問看。」

曉潔心中是這麼說，不過現實中的她不可能這麼說，畢竟這可能對何嬤來說打擊太大，所以只能委婉地給個冠冕堂皇的理由：「再怎麼說繼承了這座廟，多少也是需要知道一下創立人的狀況，不然有人來參觀一問三不知，好像很丟臉。」

雖然聽起來很像打官腔，不過這倒也是真的，過去有些參觀的人常常問曉潔一些關於呂偉道長的事情，曉潔都只能去找何嬤或其他人來，感覺真的有點丟臉。

所以如果可以趁這個機會，多了解呂偉道長一點，似乎也不是什麼壞事。

何嬤聽了之後點了點頭，沉吟了一會之後，略顯尷尬地說：「妳知道……老爺的徒弟，也就是阿吉少爺，不是一個很好帶的小孩。」

「嗯……可以想像。」曉潔苦笑。

「那種皮起來可能在三樓欄杆上跳舞的野小孩，」何嬤沉著臉說：「真的很難讓人保持冷靜。」

確實如此，一想到呂偉道長每張照片後面都有這樣一個死小孩，不管是誰都會想要揍他，易怒是可想而知的情況。

「所以，呂偉道長那時候很易怒？」曉潔笑著問。

「不，」何嬤冷冷地說：「是我很易怒，好幾次都快抓狂，想要把少爺抓起來撸在牆上。」

「啊？」曉潔張大了嘴。

「面對這樣的小孩，」何嬤笑著說：「老爺卻從來不曾動怒，總是好聲好氣地跟少爺說話，這就是老爺的好脾氣。我在這裡服務那麼久，不曾見過老爺動怒，嚴肅的情況有，不過像妳說的那種動怒，我還真是沒見過。」

這樣的回答，完全出乎曉潔的意料之外，因此一時之間不知道該說什麼。

「會不會是只是表面那樣，」愣了一會之後曉潔歪著頭問：「心裡其實也很想要把阿吉掐死？」

話說出來之後，曉潔覺得有點懊悔，畢竟這感覺好像在說亡者的壞話，質疑亡者的人格，感覺很差。

不過何嬤卻不以為意，點了點頭，一臉過來人的模樣。

「我完全可以了解妳的心情，」何嬤說：「我來這裡服務一陣子之後，我也跟妳一樣有這樣的感覺，總覺得老爺各方面都很好，好像有點太完美的感覺，很難相信真的有人可以那麼好修養，所以我常偷偷觀察。」

「結果呢？」

「沒有結果，」何嬤搖搖頭說：「老爺的修養就是那麼好，可能因為是修行的人吧，後來我想通一點之後，就不再偷偷觀察了。」

「哪一點？」

「跟妳還有少爺不一樣，」何嬤說：「妳們在廟外面還有個家，但是這裡對老爺來說，就是他的家啊，所謂的人前人後，大概就是家裡跟外面不一樣，但是這裡是老爺的家，沒有人會在家裡還戴著面具的。尤其是廟開放的時間過後，大門深鎖，根本不應該有人還會繼續戴著面具過活，那也太辛苦了。」

曉潔意味深長地點了點頭。

「想通這一點之後，我就知道那就是老爺的個性，脾氣好，修養好。」何嬤說：「可能是修行的人就是這樣……」何嬤停頓想了一會之後，搖搖頭說：「不是，是只有老爺這樣而已。」

說到這裡，曉潔知道，至少脾氣暴躁這一點，可能不太對了。

不過對此曉潔本來抱持的希望就不是很大，畢竟脾氣暴躁易怒是一回事，即便真的在盛怒之下，要把人傷到那種程度，恐怕也不是一件簡單的事情，所以真正的關鍵不應該在呂偉道長當時是不是在怒氣之下，而是到底是用什麼樣的方法，將人傷害到那種程度。

原本曉潔懷疑會不會呂偉道長是用兇器，不過照鍾家續的說法，呂偉道長當時是徒手讓他父親受到這種重創。

如果真的是這樣的話，曉潔唯一想到的可能性只有一個，這個絕對可以從何嬤這邊得到一個答案。

「那力氣呢？」曉潔瞪大雙眼問：「呂偉道長的力氣會不會很大，就是那種很誇張的大，可以一隻手抬起一張桌子或者是用拐杖一打就可以把牆壁打垮的那種？」

這是曉潔唯一可以想像得到的狀況，或許呂偉道長天生神力，所以只要不注意就可以把人的手腳像筷子那樣一掰就斷，還是那種接不回來的斷。

何嬤聽了也瞪大了雙眼，似乎對曉潔的問題非常驚訝。

「妳沒有看過照片嗎？」何嬤用『這位姑娘很有事』的眼神看著曉潔：「老爺那斯文讀書人的樣子，怎麼會力氣大呢？至少我從來沒有這種印象。」

「喔……」

曉潔失望地垂下了頭，連這個推論都被打槍的情況之下，她就真的想不到為什麼會變成這樣了。

光是從鍾齊德的傷勢還回推，給曉潔猜的話，最有可能下手這麼重的，只有最近的電影金鋼狼那樣手上自帶爪子的變種或改造人，才有可能留下這樣的傷痕吧？

可是就連飾演金鋼狼的演員都是身材健美的猛男，確實怎麼看都不像呂偉道長。

會不會……鍾齊德當年遇到的人，根本就不是呂偉道長？

在所有的推論都被打槍之後，這是曉潔唯一的結論了。

「所以呂偉道長就是那種很陽光的個性囉？」曉潔有氣無力地說。

至少從何嬤的言論之中，曉潔確實這麼感覺到。

脾氣好、修養高、斯文讀書人，還是個道行非常高的傳奇道士，真的就像何嬤說的一樣，似乎有點太過於完美了，完美到讓人感覺不真實。

「陽光？」何嬤一臉不解：「什麼意思？」

「就是……開朗啦，或者幽默那種。」

「開朗喔，」何嬤搖搖頭說：「不會，我不會用開朗來形容老爺。至於幽默，只有跟少爺在一起的時候，才難得可以看得到老爺開心的樣子。」

這倒是有點出乎曉潔意料之外，她抬起了頭。

「不然啊，」何嬤接著說：「大部分時間老爺總是皺著眉，不知道在想什麼的樣子，完全不開朗。」

何嬤說完停頓了一下，然後側著頭說：「如果一定要我說老爺的缺點，我會說……

想太多，還有太寵少爺，大概就是這樣。」

在問何嬤之前，除了鍾家的那件事情之外，曉潔也看過不少呂偉道長生命紀念館的東西，也常聽到阿吉或何嬤們提過呂偉道長的事情，腦海裡面自然也建構出呂偉道長的形象。

不過今天綜合所有聽到的事情，發現似乎跟自己想的完全不一樣。

或許這就是所謂的盲點吧。

對於呂偉道長的想法，其實都是曉潔自己腦補居多，根本就不是真正相處之後得到的結果。

想像一個溫文儒雅的人，應該平易近人，總是面帶微笑。

但是，這確實都是曉潔自己的想像，或者是說對溫文儒雅這個名詞所產生出來的想法。

然而從何嬤那邊聽到的呂偉道長，卻是大部分時間笑顏不展、一臉嚴肅，雖然脾氣很好，但是總是一臉憂國憂民的樣子。

當然，一臉憂國憂民的樣子，又是曉潔自己想像的模樣。

曉潔曾經聽阿吉說過，光道長，也就是呂偉道長的師兄，跟呂偉道長不和，是大家都知道的事情。

不過，曉潔想起了在廁所旁邊的那個房間裡面，看過兩人的合照，照片裡面完全看不出來不和的樣子。

當然，照相的時候做做樣子是很可能的，不過如果真的不和，有必要拍照假掰成那樣嗎？甚至不需要拍這張合照吧？

還是說……呂偉道長真的有不為人知的一面？

可是如果真的是這樣的話，真的可以瞞得過這些與他日夜朝夕相處的人嗎？

因此曉潔怎麼想都很難說服自己，真的是這樣。

說到底，曉潔還是覺得最有可能的就是鍾齊德根本認錯人了，那個傷害他的人，壓根兒不是呂偉道長。

然而曉潔不知道的是，當下認錯或許有可能，但是那張有如修羅的臉，烙印在鍾齊德的腦海之中，這輩子都不曾忘記。

更別提在後來，鍾齊德更是緊緊盯著呂偉道長的行蹤。

認錯這種事情，根本不可能發生……

只是當然，現在的曉潔根本完全沒有這樣的了解，才會做出這樣的推測。

雖然說，鍾家續也承諾不會讓這件事情影響兩人之間的約定，不過曉潔還是覺得這件事情，恐怕真的會成為雙方的陰影。

即便是看起來和平，這件事情也將如噩夢般揮之不去。

至少，現在的曉潔確實這麼感覺。

2

那是一個鍾齊德永遠不會忘記的夜晚。

為了剷除家中出的一個叛徒，鍾齊德跟著父親，來到了台北陽明山上的一間破屋。

鍾齊德的父親，也就是鍾家續的爺爺，要鍾齊德好好待在破屋裡面，親眼看看父親與叛徒之間的對決。

「如果我被那個叛徒殺了，」父親這麼跟鍾齊德說：「你說什麼都不要出來，等那叛徒走了之後，你就立刻逃。」

鍾齊德的父親，帶著鍾齊德來到了現場，然後讓鍾齊德躲在附近的隱密處。

等鍾齊德躲好之後，鍾齊德的父親便隻身跟那個叛徒見面，兩人約的地點就在鍾齊德躲藏處的附近，雖然有點距離，不過還勉強在視線範圍之內。

由於雙方之間有點距離，所以實際上的情況，鍾齊德看得並不是很清楚，只能從聽到的一點聲音，跟偶爾偷看一眼的狀況之下，勉強知道那邊發生的事情。

畢竟帶鍾齊德來，就是為了當作一個見證，見證接下來即將發生的事情。

鍾齊德的父親確實很厲害，從斷斷續續所看到的狀況，鍾齊德知道自己的父親佔有優勢，因為每次看的時候，總是看到父親在追打著那個叛徒。

不過這一切，卻在一個男人的出現之後，有了絕對性的改變。

那個男人，叫做呂偉。

他的到來，雖然不能改變那叛徒死亡的命運，但是卻賠上了父親的性命。

那是一個殘忍的夜，不管是對那個叛徒還是鍾齊德的父親來說，甚至是最後撿回一條命的鍾齊德來說，都是個恐怖的夜晚。

鍾齊德親眼看到自己的父親，在那人的面前被擊倒，害怕的他躲進屋子裡面，不敢再看，可是父親的哀號聲、求饒聲卻不絕於耳，震撼了鍾齊德的心。

那個強大、無所畏懼的父親，竟然會如此脆弱。

那個叫呂偉的，到底有多恐怖？

鍾齊德躲在破屋裡面，想要出去幫忙，但是雙腳卻完全不聽使喚。

與其說是聽父親的話，不如說是自己完全沒有那個勇氣出去看。

不過這完全不能怪鍾齊德，因為一直到今天為止，他都沒有任何機會出去練習，試試自己所有學到的東西，到底有多大的威力。

然後，就得要面對這樣的場面。

就這樣，父親的痛苦哀號聲越來越小，一直到最後完全聽不到任何聲音為止。

鍾齊德非常清楚這是什麼意思，自己的父親在痛苦之中死去，從今以後，他不再有父親，而是多了一個殺父仇人。

等到一切歸於平靜之後，一個聲音在鍾齊德的心中響起。

至少，要看一眼。

這是鍾齊德告訴自己的話，至少也要記清楚那個殺父仇人的臉孔。

只是鍾齊德不知道的是，這是他未來人生中，最後悔的一個決定。

鍾齊德悄悄地靠近到門邊，調整一下呼吸之後，緩緩地探出了頭，身子也跟著朝外面挪動了一小步，露出了半張臉孔以及半邊的身體。

這時遠處已經看不到任何人影了，沒有父親、沒有那個叛徒，也沒有那個殺父仇人。

當然這個距離看不到那個地方的地面，所以父親跟那個叛徒如果躺在地上，這邊是看不到的，不過……那個殺父仇人呢？

就在鍾齊德納悶的同時，一個身影突然從旁邊竄出來，就在門外跟鍾齊德大眼瞪小眼。

這下鍾齊德看得一清二楚，那是張修羅的臉孔，扭曲的臉孔上一對恐怖的雙眼正緊緊地瞪著自己。

鍾齊德甚至還來不及感受到恐懼，就被那恐怖的男人襲擊。

他的動作奇快，力量更是驚人，鍾齊德連一點抵抗的力量都沒有，甚至連一點反應的機會也沒有，整個人就好像紙糊的假人般，被那男人扯出來，然後摔在地板上。

男人抓他的時候，就是朝他露出半邊臉的眼窩抓去，鍾齊德只感到臉上一陣劇痛，整個人幾乎快暈過去。

男人將鍾齊德扯出來之後，抓住他的右手、右腳，不停地往地上甩，用力地砸。

那威力與力道，感覺真的像被卡車撞到了一樣，明明只是一個跟自己差不多大的人，卻有著如此恐怖的力量。

……這就是本家的力量？

當然被那男人抓住的那隻手與腳，不但整個被折斷，就連筋都毀了，而當鍾齊德從屋子裡面被抓出來的時候，眼睛也被挖了出來。

鍾齊德痛到暈了過去，最後被人發現的時候，已經奄奄一息。

由於鍾齊德被人發現的時候是在山腳下的道路旁，警方最後認為鍾齊德，是從山谷墜落才形成這樣的傷。

因為……沒有任何人可以徒手將人打成這樣，至少這是所有正常人的認知。

但是，只有鍾齊德知道，下手的那個男人就是呂偉。

恐怖的遭遇讓在醫院甦醒的鍾齊德，一度因為驚嚇過度差點成了瘋子，後來他離開了醫院回到這個家中，然後再也沒有離開過這個家。

從那天晚上以後，鍾齊德提心吊膽地度過了一個又一個夜晚，深怕那個恐怖的呂偉找上門來。

雖然這件事情一直都沒有發生，不過那天發生的事情，三不五時便化成了他最害怕的噩夢，不時糾纏著他，從來不曾散去。

3

這一晚，鍾齊德又被那晚化成的噩夢驚醒了。

鍾齊德猛然坐了起來，強烈的喘息從口鼻竄出，突然感覺到背脊發寒，明明就已經入春，但是夢境中的那些回憶景象，還是逼出了一身冷汗。

打從鬼王派失勢以來，為了自保，也為了打探敵情，類似這樣的情報工作，雖然不至於到國家級的那種諜報單位等級，不過至少還可以掌握到一定程度的情報。像是哪一派的掌門是誰，廟宇在哪裡，尤其是召開道士大會，這種大事，更是他們不可能會遺漏的消息。鍾齊德躲在黑暗之中，聆聽著一則又一則關於本家的消息。

鍾齊德應該覺得慶幸，在那一晚之後，呂偉並沒有找上門。

或許是認為自己已經死了吧。這是鍾齊德告訴自己的話。

在那一晚撿回一條命之後，對於情報這件事情，鍾齊德更是重視。

尤其是呂偉道長，這個被本家尊稱為傳奇道長的么洞八道長，自然是嚴密監控的對象。

這時候的鬼王派，即便只剩下一家，能夠負擔的情報網縮小，就只有呂偉道長這條線，鍾齊德說什麼也不會放，講誇張一點，就算是傾家蕩產，也要確實掌握到呂偉道長的狀況。

雖然說，後來呂偉道長死後，鍾齊德對這條線的掌握也有點鬆手，不過對於呂偉道長有哪些弟子，不管是阿吉還是那位無緣的弟子，鍾齊德自然非常清楚。

對於阿吉的失蹤，還有一個女高中生繼承了么洞八廟，豈有不知的道理。

當然連那場J女中的決戰，雖然沒有親臨現場，不過對於結果，鍾齊德在一個禮拜後，知道發生的事情，雖然不知道前因後果，不過至少結果一清二楚。

呂偉道長當年在鍾齊德身上留下的重創，讓鍾齊德這輩子想忘也忘不掉，對於本家的恐懼感，更是烙印在心中洗也洗不掉。

因此對於本家，還有那個呂偉道長的弟子，鍾齊德也有所顧忌，甚至可以說有所恐懼。

那種恐懼，是刻骨銘心的，是那種即便在天氣晴朗、神清氣爽，只要想到本家就會瞬間有如陰霾罩頂一樣的恐懼感。

在知道J女中的決戰，自相殘殺的結果是讓本家幾乎全滅。那一天，鍾齊德才第一次真正從恐懼的陰霾下解放出來。

「……全部都死了。」

興奮過度的鍾齊德，在神明廳列祖列宗前，不斷重複著這句話。

也正是那一天，鍾齊德才放手讓鍾家續出去試試身手。

因為只有一個生還者，也就是後來么洞八廟的繼承者，那位頻繁進出么洞八廟的女高中生。

人海茫茫，鍾齊德相信，只有這麼一個女高中生，鍾家續不見得遇得上，而且就算遇上了那個小姑娘，就算呂偉道長的那個不三不四金髮徒弟也真的收了她為徒，兩人相處的時間並不長，從那小姑娘出現在么洞八廟算起來，算算時間頂多不過半年，很難有什麼氣候。

所以鍾齊德有恃無恐，他知道這是鬼王派真正可以展翅飛翔的機會了。

諷刺的是，這個機會，還是本家自相殘殺所贈與的。

所以鍾齊德決定打開牢籠，讓鍾家續去飛翔。

只是，鍾齊德不知道的是，現在的時代透過網路跟大量的媒體資訊，讓人與人之間的消息與距離，變得太過於緊密，鍾家續上大學才短短不到半年，兩人就在茫茫人海中相遇。

雖然兩人相遇這件事情，確實也有在鍾齊德的計算之中，當初讓鍾家續出去，就有考量到這一點，他有可能會遇到那個女高中生，不過就像一開始所想的一樣，他完全不擔心這女孩會對鍾家續帶來威脅。

雖然羽翼未豐，但是鍾家續已經學會了鬼王派的東西，絕對不是那種半吊子的本家道士可以輕鬆對付的角色，更遑論這個至多不過學了半年的女高中生。

只是鍾齊德沒想到的是，兩人竟然會相遇得如此快速。

而另外一件鍾齊德沒想到的事情是，原來這個女孩子竟然會頗有姿色，這也完全出乎鍾齊德的意料之外。

畢竟一輩子單身的他，才剛上大學，就被呂偉打成重殘，這輩子也算是毀了。

所以男女之情這種東西，根本不在鍾齊德的計算範圍之中。

簡單來說，鍾齊德所犯下的這兩個錯，都是因為自身缺乏的經驗才導致的錯誤。

尤其是當驚覺如果鍾家續動心，或許情況會很不妙的時候，正準備動手剷除後患，卻被鍾家續出手阻止時，鍾齊德就知道可能已經來不及了。

因此，他需要毀了兩人之間的連結。

就是基於這個原因，鍾齊德才會裝作不知情，要鍾家續親眼去么洞八廟看看。

那女孩不敢承認自己是呂偉的徒孫，剛好給了鍾齊德可以見縫插針的機會。

一切……都是為了這個家、這個血脈，一定要維持下去。

尤其是在……那個鍾九首死了之後，延續這個家，比起任何事情都還要來得重要。

什麼鍾九首的詛咒，什麼本家的追殺，這些鍾齊德都不管，現在的他願意用任何手段，只要能讓這個家維持下去。

這就是鍾齊德，目前還苟活在人世間，最重要，也是最後的使命。

而一切也跟鍾齊德所預料的一樣，那一天晚上，鍾家續失魂落魄地回到了家中。

他去看過了，也確實看到了曉潔在廟裡進出的身影。

鍾齊德在一旁安慰著鍾家續，並且要他知道，這就是本家的真面目。

所謂的和平共處，只不過是假象，如果鍾家續看不出這一點的話，他終究會敗在本家的手下。

一邊聽著父親鍾齊德的話，鍾家續的眼神逐漸有了改變，鍾齊德知道自己的話，確實在鍾家續的心中起了作用。

只是鍾齊德不曉得的是，這樣的作法，只會讓一切的局面變得更加難以收拾，就好像……當年會產生鍾九首的詛咒一樣。

第3章・鍾九首傳奇與詛咒

1

鍾馗派從祖師鍾馗創立以來，經過了將近千年的歷史，在這之中，不乏有些傳奇性的人物誕生。

像是「一零八」道長的呂偉，或者是「七步」道長的鍾雲等等，都是非常著名、厲害的道長。然而其中也不乏有一些備受爭議，傳奇性色彩十分濃厚的人物，在這些人物之中，恐怕就以「海賊」道長鍾九首，最具代表性。

自鬼王派脫離鍾馗派自立門戶以來，兩派之間的惡鬥就從未中斷。

這些惡鬥逐漸累積仇恨，從原本的零星戰鬥，到後來更演變成全面戰爭。

元朝時，雙方的仇恨到達了巔峰，一場全面的大戰因此引爆開。

在這場血鬥中，鬼王派大獲全勝。

這是史上第一次鬼王派擠下鍾馗派，不但取代了鍾馗派，成為道家門派中的一門翹楚，更登上了歷史舞台。

當年的鬼王派傳人，不但被當時的元朝皇帝忽必烈，召見入宮成為國師，其他弟子與門人也在各個汗國與元朝當廷，擔任要職，當時真的可以說是鬼王派最風光的時代。

不過，鬼王派並沒有忘記他們的本分，對鬼王派來說，鍾馗派的存在，仍然是最大的心頭之患。

只是對他們來說，目標只有一個，所有人都可以放過，就只有一家人不能放過，那就是隸屬於鍾馗派北派的鍾家。

不知道從什麼時候開始，鬼王派這邊的人這麼認為，只要殺光本家的鍾家，鍾馗祖師傳承下來的血脈，就只剩下鬼王派這邊了，如此一來他們就會變成正統，不再是邪門。

被這樣的想法洗腦的鬼王派，因此開始追查並且獵殺鍾馗派鍾家的人。

每殺掉一個鍾家的人，都讓鬼王派的人覺得自己的正統名分更真實了一點。

這樣的獵殺讓原本人丁還算旺盛的鍾家，最後只剩下少數幾個人。

為了保護這些人，鍾馗派的北派幾乎全員出動，竭盡所能保護僅存的鍾家血脈。

因此鬼王派的追殺到了後來並不算順利。不過鬼王派挾朝廷勢力的情況延續到了明朝，甚至一度動用當時的東廠，最終仍把鍾家的血脈一個個找了出來，並且一一除去。

就這樣一路追殺到了明末，雖然鬼王派在朝廷的力量開始式微，不過總算是將鍾家最後的血脈挖了出來。

鍾烈，當年鍾家最後一個本家繼承人，原本一直躲在北方，但是因為行蹤暴露的關係，開始往南逃。

這追擊一追就是三年，一路從北方追到了南方，從鍾烈單身，追到了他成家，不管鍾烈怎麼隱瞞、躲藏，最後總是會被鬼王派的人挖出來。就這樣，鍾烈最後跟自己的夫人與弟子，一路逃到了福建。

眼看已經無路可逃，鍾烈於是與當地的海盜交涉，希望他們可以讓自己的妻子與弟子上船，隨海盜出海。自己則留下來，面對鬼王派的追殺。

會做出這樣的決定，也是因為這時鍾烈的夫人，腹中已經懷有鍾家的骨肉，為了保存鍾馗本家最後的血脈，鍾烈決定犧牲自己的性命，換取那孩子得以苟活下來的機會。

即便百般不願意，最後鍾烈的夫人還是在鍾烈弟子的護送下，跟著海盜一起出海。而那天，鬼王派的追兵也趕到了，鍾烈慘死刀下。

就在鬼王派慶祝著，經過這幾百年的努力，終於拔除本家這根背中刺的同時，鍾家最後的骨肉，已經隨著海盜出海，並且有了一個父親鍾烈為他起的名字，鍾九首。

而那個載有鍾馗血脈出海的海盜，正是大名鼎鼎的鄭芝龍。

2

鍾烈的夫人隨著鄭芝龍的船，到了日本，與鍾烈的弟子們，一起棲身於鄭芝龍的日本宅邸中。

幾個月後，鍾九首出生，相隔不過幾個禮拜，鄭芝龍的夫人，也為他生下了一個孩子。

這一前一後誕生的兩個男娃，也在這樣的情況之下一起長大，感情就跟親兄弟一樣。而在這段時間，鄭芝龍的孩子，學習著如何當個海盜與首領，鍾九首則跟著爸爸的弟子們，學習鍾馗派的東西。

鍾九首天分很高，一點也不負自己的父親當時給他起的名字，期望他跟鍾馗祖師一樣，可以為鍾馗派帶來一個嶄新的局面。

這兩個小孩成為像兄弟一樣的好朋友，雖然背景完全不一樣，但是同樣都背負著前一代的期待。

從那以後，兩人就是形影不離的好兄弟，當鄭芝龍的兒子，開始逐漸浮上歷史舞台的同時，鍾九首因為不能被鬼王派的人發現自己的存在，因此只能像是影子般守護在自己的好兄弟身邊。

因此即便後來這位好兄弟，成為了大家耳熟能詳的大人物，卻沒有多少人知道鍾九首的存在。

而這個好友，也就是鄭芝龍的兒子，正是後來歷史有名的鄭成功。

對鍾馗派的人來說，鍾九首是個備受爭議的人物。

當然，身為本家最後一個傳人，他道長的能力拔群、出眾，同時身為鄭成功的軍師兼好友，雖然不能在歷史上留名，但是也確實留下許多為人津津樂道的傳奇。

不過他也同時是讓鍾馗派最重要的鍾馗四寶遺失的罪魁禍首。在與鄭成功來到台灣，四處斬妖除魔，趕走異國軍隊的同時，也讓鍾馗四寶遺失殆盡。

鍾九首在日本長大，跟海盜之子鄭成功一起生活的期間，從父親的弟子們身上，學會了所有鍾馗派的東西，長大之後也跟著鄭成功一起南征北討，來到了台灣。

兩人周遊台灣，留下一則則傳奇的故事，但是因為身分特殊，史書絕對不會有記載。

不過在當時的海盜界流傳一句話——「貓有九命、鄭有九首。」

海盜在當時是砍頭的重罪，因此用「鄭有九首」來形容鄭成功打不倒的強悍。然而這句話，雖然聽起來像是在說鄭成功就跟九命怪貓一樣，有九個可以被斬首的頭，但是實際上，說的卻是，鄭成功身旁一個文武雙全的友人——鍾九首。

鍾九首幫助鄭成功，平定了台灣各地的妖魔鬼怪，還趕走了荷蘭人，但是代價卻是在台灣各地遺失了最珍貴的鍾馗四寶。

其中最有名的一則傳奇故事，是說鄭成功帶著軍隊來到現在台灣北部的劍潭，遇到了一個很強大的妖怪，颳起大風與大浪，阻礙軍隊行進，並殘害附近百姓，鄭成功就拿了身邊人的一把寶劍，扔往妖怪，將妖怪消滅。

殊不知，他身邊的那個人，正是他的好兄弟鍾九首。而那把被鄭成功丟入潭中的寶劍，正是鍾馗派最珍貴的鍾馗四寶——鍾馗寶劍。

但是由於鍾九首身分敏感，為了保護鍾九首，因此這些事蹟史書都不曾記載，甚至連當時鄭成功北上，也都極盡可能低調。

最後變成了一則傳奇故事，流傳在當時親眼見到鄭成功丟寶劍的居民口中。

除了這個傳奇之外，許多關於鄭成功的傳奇故事背後，其實都有著鍾九首的痕跡。只是在周遊台灣的這段期間，也陸續失去了另外三樣鍾馗四寶。

這也正是為什麼後來，當鍾馗派來到台灣定居，北派的傳人為了找回寶劍，一連好幾代的傳人都雇人到劍潭下去找寶劍，幾乎可以說是耗盡家產，最後才好不容易將寶劍打撈回來。

到了呂偉道長的時候，因為受到這個故事的啟發，才會踏上鄭成功的傳奇之路，把剩下散落在台灣各地的鍾馗四寶找出來，並且按照清朝大戰之後，第一次道士大會決議的結果，將它們還給另外三派。

這也可以算是呂偉道長最讓鍾馗派人士津津樂道的一段故事，不過本身卻是衍生自鍾九首的傳奇。

最後鍾九首順利幫助自己的好兄弟，趕走了荷蘭人，不過隨著鄭成功的崛起，鍾九首的身分終究曝光，吸引了鬼王派的注意，也引來了殺機。

遭鬼王派設計的鍾九首臨死前，帶著微笑對那個殺他的人說：「你們所殺的，並不是鍾九首，而是你們鬼王派的命根。看著吧，我的死，只會為你們鬼王派帶來滅亡，而不是榮耀。」

這就是鬼王派所謂的「鍾九首的詛咒」。

鍾九首死了，代表著鍾馗派中，祖師鍾馗的血脈，也在這裡中斷了。

打從鍾馗祖師創立了鍾馗派以來，鍾家就一直被當成本家，受到所有鍾馗派弟子的敬重，雖然後來因為出了個一手創立鬼王派的叛徒，而失去了真正的領導位置。但是這些年來，所有鍾馗派的道士，心中還是非常重視這個本家。

鍾九首的死，最哀痛的不只有從小跟他一起長大的鄭成功，還有那些散布在各地的鍾馗派道士。

這個消息讓他們群情激憤，再度團結在北派的旗幟下，很快就跟同樣在朝廷失勢，落入民間的鬼王派起了衝突。

雙方爆發了自元朝以來最大的戰爭，在團結一心的情況之下，鍾馗派終於戰勝了鬼王派，最後的結果也一如鍾九首的預言一樣，這場大戰為鬼王派帶來了毀滅性的傷害。

雖然後來皇帝下詔，不過為時已晚，鬼王派只剩下少數幾個殘兵敗將，想盡辦法護送著鬼王派的鍾家傳人逃離中原。

即使保住了鬼王派鍾家最後的血脈，但是卻改變不了鬼王派徹底衰敗的局勢。

傳至今日，只剩下鍾家一家，還在苟延殘喘。

不過對鍾家的人來說，在鍾馗派本家已經中斷的此刻，他們是鍾馗祖師在這條道士之路上，最後的血脈。

這也正是「鍾九首的詛咒」當年所預言的內容，更是至今仍然縈繞在鍾齊德腦中的最主要原因。

……鍾家不能亡，這也是鍾家續名字最大的意義。

第4章・新的開始

1

在與鍾家續會面之後，過一個禮拜，寒假就結束了。

或許因為整個寒假先是忙過年，接著過完年後曉潔與亞嵐等人就開始東奔西走處理一些案件，所以曉潔有種根本沒有好好放到假的感覺。

同樣的感覺，似乎也在亞嵐的身上發酵，開學第一天，曉潔才剛走進教室，就看到亞嵐的一張苦瓜臉。

「嘟嘟，」曉潔一臉擔憂地問：「妳還好吧？」

「不好，」亞嵐沉著臉說：「我很痛苦。」

「啊？」曉潔挑眉：「身體不舒服嗎？」

「不是，」亞嵐說：「心裡很痛苦。」

聽到亞嵐這麼說，曉潔大概就猜想到了。

「感覺沒放到假？」曉潔笑著問。

亞嵐緩緩地點了點頭。

曉潔拍了拍亞嵐的肩膀說：「我了解。」

「不，」亞嵐轉過頭來，一臉快哭了的模樣：「妳不了解。」

「啊？」

「如果說今天，」亞嵐說：「是為了忙那種自己不喜歡的事情，那也就算了，偏偏這又是自己的興趣……」

曉潔聽了臉忍不住垮了下來，全世界會把驅魔、打鬼說成「興趣」的人，恐怕只有亞嵐一個人。

「結果……」亞嵐哭喪著臉說：「今年有許多大作發行了，我本來期待著寒假，結果連玩的時間都沒有，尤其是『仁王』這款遊戲，我期待了那麼多年，最後只能眼睜睜看著我哥破關，我卻連第一關都玩不完……」

亞嵐說著說著彷彿悲從中來，整個人趴在桌上。

「嗯，」曉潔白了亞嵐一眼，「我確實不了解。」

「原本我還以為，」亞嵐抬起頭說：「我應該是全世界最幸福的人，不管哪一個，都是我的真愛，但是時間不夠多啊！一旦面臨需要割捨的時候，真的就變成了從天堂掉到地獄。」

面對亞嵐類似這樣的無病呻吟，曉潔連安慰都不知道該從何安慰起了。

「我真搞不懂以前那些有三妻四妾的人，時間到底都怎麼分配的？」亞嵐一臉狐疑。

「聽說啊，」曉潔靠過去小聲地說：「就是到了晚上的時候，做丈夫的會決定到哪個夫人的房間過夜，然後啊……」

「誰在跟妳說那檔事，」亞嵐白了曉潔一眼啐道：「除了晚上之外咧？白天的時間該怎麼分配咧？」

曉潔聽了先是一愣，然後搖搖頭說：「白天就可以大家在一起啦，沒有什麼衝突啊。」

「喔……」亞嵐想了一會，確實是如此：「好吧，我這個比喻很爛，我應該說劈腿的人……不行！我決定了，要跟妳的學長說，三人組的活動要休息一個月，先讓我把那些電動的進度過完再說。」

聽到亞嵐這樣說，曉潔當然也贊成。

畢竟經過了一個寒假下來，自己也確實感覺到有點疲勞，都沒有放到假，真的也想要休息一下。

「嗯，好像挺不錯的，我贊成。」

「嗯。」亞嵐點了點頭：「那就這麼決定了！今天就跟那傢伙說，罷工！」

結果亞嵐話才剛說完，兩人的手機同時震動了起來。

兩人互看一眼，大概也猜到是誰了。

畢竟會同時私訊兩人的，大概只有那個人，正是他們剛剛口中所說的學長詹祐儒。

兩人拿出手機一看，果然是驅魔快打部隊的群組有新的訊息。

點開來一看，只有詹祐儒留下的簡單一句。

——放學之後門口見。

看到這訊息讓亞嵐的頭整個垂下來倒在桌上。

不過終究還是得要跟詹祐儒說一聲，不然讓他白蒐集資料，也挺過意不去的。

因此兩人也只能照著簡訊的內容，下課之後到門口跟他說清楚，當然如果今天他已經蒐集好資料，那麼為了不讓他白白蒐集資料，也只能跑一趟了。

然而這倒不是亞嵐擔心的，真正讓亞嵐擔心的是，詹祐儒會對這個提議大表反對，而且可想而知的是，說不定詹祐儒又要在那邊熱血演說個半天，到時候自己可能為了不想聽那長達半小時以上的精神轟炸，選擇妥協也說不定。

畢竟，詹祐儒跟米古魯兔的作家戰爭，現在可是如火如荼地進行中。

如果現在喊卡，可能真的會影響到他們之間的對決。

不過，人是肉做的，再不好好休息一陣子，只怕再有愛，也會很痛苦。

因此亞嵐決定就算是咬牙苦撐，也絕對要堅持到底，跟詹祐儒抗議，休息至少一個月。

至於曉潔，除了休息一陣子這件事情之外，還有一件很在意的事情，想要問問看詹祐儒。

那就是自從那次跟鍾家續的父親見面之後，曉潔跟鍾家續就斷了聯絡。

曉潔在第二天傳了簡訊過去，問他「家裡的情況如何，沒什麼事情吧？」。

不過鍾家續卻沒讀沒回，直到今天都一樣。

後來曉潔也有試圖撥電話過去，不過也沒有人接。

看這情況不免讓曉潔有點擔心，會不會鍾家續那邊出了什麼問題。

如果鍾家續那邊有問題的話，米古魯兔應該也能知道一點狀況才對，但是曉潔這邊只有鍾家續的聯絡電話，沒有米古魯兔的，因此曉潔才想要透過詹祐儒，看能不能問到一點鍾家續現在的狀況。

就目前的情況看起來，曉潔覺得很有可能是因為自己的出現，害得鍾家續又被鎖在家裡不能出來。

當然如果鍾家續的父親真的有所誤會或疑慮，就算要曉潔再去見一次面，她也願意，但是最怕的就是目前這樣完全未知的狀況。

所以曉潔打算拜託詹祐儒去問問看狀況，弄清楚是什麼情況之後，再看看該怎麼處理。

2

下課之後，亞嵐跟曉潔照著簡訊的內容，來到了校門口。

才剛出校門，就看到那輛熟悉的車子，兩人才剛靠過去，詹祐儒立刻搖下車窗催促兩人上車。

「那個，」曉潔對詹祐儒說：「在出發之前，我們兩個有件事情想要跟你說。」

詹祐儒卻一臉很緊急的樣子，打斷了曉潔的話。

「有什麼話，先上車晚點再說，時間有點緊迫。」

一等到兩人上車繫好安全帶之後，車子立刻開動，駛離校園。

當然，這就是驅魔快打部隊的一貫調性，永遠都不知道在趕什麼，所以兩人自然也很無奈，只能先上車，看看是在車上說還是什麼的。

不過因為考量到這一出動很可能等等一下車就得要上工，所以曉潔跟亞嵐互使眼色之後，決定還是先以安全為考量，先搞清楚這一次的任務比較重要。

然而當車子開了一小段時間，卻都不見詹祐儒把資料交給兩人。

「那個……資料呢？」曉潔問。

「今天沒有資料。」詹祐儒答。

「啊？」曉潔瞪大眼。

「放心，」詹祐儒臉上浮現出一抹神秘的笑容：「今天不需要資料。」

聽到詹祐儒這麼說，加上那表情，讓亞嵐跟曉潔臉上更多了一層狐疑，心中也開始不安了起來。

這傢伙到底在搞什麼啊？

兩人心中不免浮現出這樣的疑問，但是不管兩人怎麼問，詹祐儒總是不願意透露，故作神秘。

「不要急好不好，」詹祐儒說：「過一會妳們就知道了。」

詹祐儒才剛說完，車子就轉入另外一條山路，而不是平常下山的道路，接著行駛一小段時間，車子便緩緩停了下來。

C大學位於台北陽明山中，所以附近有許多知名的景觀餐廳，每到了夜晚，這裡總是有許多遊客前來，一邊享受美食，一邊欣賞美麗的台北夜景。

這時詹祐儒的車子所停靠的地方，就是其中一間知名的景觀餐廳。

雖然就在學校附近，不過因為用餐的價格比較高，所以可能只有特別的場合，附近的大學生才會到這邊來用餐。

再者就是雖然說是在附近，不過還是有點距離，光是上下坡那些山路，就會讓人走到鐵腿，所以如果不是有交通工具情況之下，也不會特別跑來這間餐廳用餐。

因此曉潔與亞嵐雖然知道這間餐廳，不過卻從來不曾來過。

詹祐儒下車之後，揮了揮手要兩人跟上他，逕自朝著餐廳而去。

曉潔跟亞嵐面面相覷，跟在詹祐儒後面，卻完全不知道詹祐儒在搞什麼鬼。

如果這間餐廳遇到了那些問題，不是應該先準備一些東西再進去嗎？

另外一件更重要的事情是，如果事件真的是在自己學校附近，根本就不需要趕成這樣了，不是嗎？以過去的經驗來說，二人組根本不可能會出現在距離C大學這麼近的地方。

兩人雖然心中有很多疑惑，不過還是跟著詹祐儒一起走進了餐廳。

距離晚餐時間還有一小段時間，所以餐廳裡面的客人並不多，只有少數幾組客人分散在餐廳的角落。

服務人員見到三人走進來，立刻迎了上來。

「有訂位嗎？」服務人員問。

「有，」詹祐儒答：「詹祐儒，三位。」

聽到詹祐儒這麼回答，讓亞嵐跟曉潔都愣住了。

啊？弄了半天結果只是要來用餐？

兩人還沒有搞清楚狀況，就被服務人員帶領著來到了一個靠窗邊的位置坐了下來。

服務人員剛走，亞嵐立刻開口。

「你在搞什麼啊？」亞嵐一臉不悅：「跑來這種餐廳，不用先跟我們說一下嗎？我們可能沒帶……那麼多錢。」

「放心啦，」詹祐儒白了亞嵐一眼：「這頓我請，算是慰勞妳們，這些日子的辛勞。」

聽到詹祐儒這麼說，亞嵐跟曉潔雖然還是覺得有點不妥，並不想這樣讓詹祐儒白白破費，不過現在離開餐廳似乎也有點尷尬，加上店員很快就送菜單上來，讓兩人就算不是很情願，也只好接受了。

點好餐點之後，坐立難安的兩人立刻追問詹祐儒。

「你到底在搞什麼鬼？無緣無故請我們吃飯。」

會讓兩人坐立難安，除了詹祐儒突然請兩人吃飯之外，最主要還是因為打從上車開始，詹祐儒臉上不時會浮現出一抹詭異的笑容，就好像日本的那種電車癡漢一樣讓人感覺很不舒服。

「當然除了犒賞兩位為我們驅魔快打部隊的付出之外，」詹祐儒一臉得意地說：「最主要這也算是一場慶功宴，慶祝我們辛苦代價終於有了一點成果。」

「啊？」亞嵐跟曉潔都是一臉疑惑。

要說成果，好像也沒有真的到需要這樣大舉慶祝的地步，因此兩人真的不了解，到底這所謂的慶功宴是在慶祝什麼。

當然曉潔跟亞嵐不可能會知道，今天對詹祐儒來說，確實非常值得慶祝。

更正確一點說法應該是說，從地下街之戰之後，一直到開學為止的這段期間，發生了一連串讓詹祐儒覺得需要好好出來慶祝一下的事情。

首先當然就是關於地下街之戰的事情，在那次事件過後，由於最後是雙方合作完成的案件，所以詹祐儒跟米古魯兔之間做出了協議，兩人都可以就自己的角度來寫這篇故事。

一開始只是為了公平起見，不過很快兩人就意識到了，述說同一個故事，很可能產生一種情況，就是比看看誰說的故事比較精采，寫出來的小說比較好看。

兩人幾乎都是動手開始寫這篇故事的時候，才意識到了這件事情，於是一場突如其來的正面衝突就這樣展開了。

當兩人幾乎在同一天貼出新的文章之後，網路上的鄉民們也立刻意識到這點。知道這一次兩人要寫同一個事件後，立刻引起了一陣騷動，兩派人馬互相支持自己的作者，在網路上針鋒相對。

正面衝突的一開始還算勢均力敵，雙方各有起伏，不過當故事進行到事件開始之後，雙方開始有了高低之分。

米古魯兔這邊的文章很明顯居於落後，雖然還是很有可看性，不過詹祐儒這邊經歷比較豐富，不但有瘋狂的生死追逐戰，還有刀有槍，明顯刺激許多。比起米古魯兔，在關鍵時刻有點不知道發生什麼事情，加上前半段寫得不清楚，所以整體來說略遜一籌。

其實就實力來說，擁有許多人氣的米古魯兔絕對不輸給詹祐儒，之所以會有這樣的差距其實有兩個原因。

第一個就是因為案件一開始，米古魯兔被鍾家續拿來當作羅盤使用，被鬼上身的她，根本不清楚事件的經過。

另外一個更重要的關鍵就是，地下街事件之所以會出現後面的危機，確實是自己的男神鍾家續輕敵的結果，米古魯兔不想把自己的男神寫成這次危機的始作俑者，因此變得有點避重就輕，導致文章節奏混亂。

最後這次的地下街之戰，讓詹祐儒贏了裡子，也贏了面子，就連那些原本支持米古魯兔的讀者們，都不得不承認自己的偶像敗了，甚至有些人還轉過來支持詹祐儒，說是因為年輕不懂事，不知道在想什麼才會支持米古魯兔之類的話。

原本還以為與米古魯兔之間，會有一場很長的拉鋸戰，想不到一個寒假結束，局面便完全傾向自己這邊，光是這一點就值得詹祐儒把兩人拖出來慶祝了，不過更值得慶祝的事情還在後頭。

那就是網路上的這場大戰，也確實吸引了出版社的目光，先前沒有出手，就是因為雙方競爭激烈，一時難分高下，但是自從地下街那篇PO文，兩人像是鬥文一樣，寫出了相同的一場冒險，眼看詹祐儒最後獲得勝利，先前曾經幫詹祐儒出過一本小說的出版社見機不可失，立刻找上了詹祐儒，表明希望可以出版詹祐儒寫的這一系列驅魔女大生的小說。

因此這一次的地下街事件，不但讓詹祐儒贏了米古魯兔，更讓詹祐儒贏得了一紙出版合約，當然需要好好慶祝一下。

不需要亞嵐與曉潔的追問，詹祐儒自己本身內心也很想分享這樣的消息給兩人，於是在兩人問了幾次之後，詹祐儒立刻把這次慶功宴真正的原因告訴兩人。

「放心，」詹祐儒一臉得意地說：「等書出版之後，妳們兩位都可以獲得一本我親筆簽名的紀念書。」

聽到詹祐儒這麼說，曉潔跟亞嵐的眼睛都白了，簡直整個白眼翻到了後腦勺。

「拿來蓋泡麵用嗎？」亞嵐冷冷地說。

「哼，沒水準。」

可以看得出來今天詹祐儒的心情真的是好到了極點，面對亞嵐的冷言冷語，雖然回嗆亞嵐沒水準，不過還是一臉微笑。

即使對亞嵐與曉潔來說，這不是什麼值得慶祝的事情，不過既然都被詹祐儒請了，兩人也不好說什麼。

過了一會之後，服務生送上三人的餐點。

餐點很好吃，不愧是遠近馳名的景觀餐廳，如果今天不是詹祐儒請吃這一頓，兩人恐怕到畢業都不會來吃。

畢竟價格昂貴，沒有交通工具的兩人，來這邊也不太方便。

因此三人吃得津津有味，原本常常意見不合的三人，也難得算是有說有笑，聊起了過去這些時間裡面，發生的趣味事情。

一切都非常美好，唯一美中不足的是，現在天色還不算太暗，因此沒有什麼美景。

不過即便如此，由於位在山區，又可以鳥瞰整個台北市區，就算在黃昏，景色也還算優美。

或許在這種情況之下，跟詹祐儒一起用餐，也沒有想像中的糟糕。

在服務人員送上甜點的時候，曉潔跟亞嵐互相交換了一下眼色，知道現在是時候該提正事了。

雖然說被詹祐儒請了這一頓，心中還是不太好意思，尤其是詹祐儒現在發展正順利，可能會大力反對，不過該提的還是要提，因為兩人真的需要好好休息一下。

所以在送上甜點之後，曉潔開口了。

「那個……學長，我跟亞嵐想要休息一陣子。」

詹祐儒聽到這句話，本來送到嘴邊的甜點，頓時停了下來。

「是這樣的，寒假才剛過，可是我們一點都沒有放過假的感覺。」亞嵐在一旁幫腔，「所以不管怎樣，我們都需要好好休息一下。」

「這樣啊……」

詹祐儒放下甜點，考慮了一下。

「好，沒問題，那我們就休息一個月吧。」

想不到詹祐儒沒有任何意見就通過了這個提案，真的讓亞嵐跟曉潔都傻眼了。

照理說現在不是最應該乘勝追擊的時候嗎？

「這麼乾脆？」亞嵐問。

「嗯，」詹祐儒點點頭，將甜點塞入口中：「學期剛開始，系學會那邊有很多事情需要處理，加上我現在重回作家的行列，還需要改稿什麼的，所以休息一個月剛好可以讓我處理這些事情。」

詹祐儒說著說著臉上又浮現出那得意的表情。

看到詹祐儒那得意萬分的模樣，就好像走在春風裡，讓亞嵐不知道為什麼有種衝動想要踹他一腳，甚至同情起米古魯兔，竟然輸給這樣的對手。

當然，既然詹祐儒不反對，那麼事情也就這麼決定下來了。

在連續奔波了幾個月之後，驅魔快打部隊休息一個月，而新的學期也在這個決定之後正式展開。

3

雖然說已經說好要休息一個月，但是每個禮拜固定的定期檢查，還是不能鬆懈。

尤其是因為寒假的關係，或許是因為學生大部分都返鄉過節，少了很多旺盛的人氣，所以感覺從寒假之後，整個五樓的狀況就不是很好。

曉潔跟亞嵐來到了宿舍五樓，立刻就感覺到一股不尋常的氣息。

過去由於亞嵐什麼都不會的情況之下，如果跟進來可能會有危險，不過現在亞嵐也學了一點東西，至少可以一起進來看看，如果要做些什麼，也多一個幫手。

因此這一次，曉潔帶著亞嵐一起來到了這裡。

不過一進來，就看到最靠近大門口的縛靈陣有種詭異的模樣。

在封印還很穩當的時候，這些縛靈陣的縛靈，就會乖乖地站在原地。

一旦封印的力量開始不穩，這些縛靈就會開始搖晃，這時候曉潔就會為每個縛靈陣上香、換符，多少可以穩定一點封印的力量。

也就是因為這樣的原因，所以在上個學期發現這些縛靈陣之後，曉潔每隔一段時間就會上來上香、換符，順便點點看數量，看看有沒有逃跑的縛靈。

不過這一次一進來看到第一個縛靈陣，就立刻感覺到不對勁，那些縛靈搖晃的程度之大，是曉潔從來沒有見過的，不過最詭異的是其中有幾個縛靈甚至有點移動到別的位置，整個看起來就不像是北斗七星的模樣。

曉潔看傻了眼，一旁的亞嵐當然也不在話下，畢竟跟她上次上來的時候相比，現在這些縛靈感覺恐怖很多。

「這是正常的狀況嗎？」亞嵐問。

「不是，」曉潔沉著臉說：「我也是第一次看到那麼誇張的狀況。」

雖然不只陣形亂掉，縛靈也搖晃得彷彿是在波濤洶湧的海面上一樣，不過還算發現得早，所以封印大致上還沒被破壞。

曉潔跟亞嵐立刻分工合作，把那些走位的縛靈重新帶回位置上，忙了一陣子之後，總算是處理完了。

「看樣子，」曉潔沉著臉說：「有必要把巡邏的時間，從每個禮拜一次，變成每個禮拜至少兩次了。」

比較糟糕的地方是，不像當時的阿吉，曉潔沒辦法住在這間宿舍。

或許當年的阿吉就是為了看著這個封印，才會搬進來宿舍住的。

不，應該不是這樣，畢竟從教官說的話來看，應該是阿吉想要免費住宿，才會跑來處理這個惡靈。

不過不管怎麼說，後來的阿吉確實就住在樓下，如果說是住在樓下的話，不要說每個禮拜兩次了，就算是每天三次，也不成什麼問題，畢竟只要一想到就可以上樓。

但是現在的曉潔可沒有那麼方便，而且這裡是男生宿舍，還需要有教官幫忙帶路，才能過來，所以這樣不只麻煩到自己，就連教官也得跟著跑一趟。

可是現在也只能如此了，一旦封印被破，才是真正嚴重的事情。

所以即便知道這樣很麻煩，也只能先這麼辦了，從一個禮拜一次，變成一個禮拜兩次。

不過就連曉潔也知道，這只是緩兵之計，這種狀態絕對維持不了多久。

看樣子最好至少這學期結束之後，一定要想辦法解決才行，不然這樣拖下去，絕對不是辦法。

在把這個決定告訴教官之後，曉潔對亞嵐說：「我回去再聯絡看看鍾家續，如果再這樣下去，我怕這個陣會撐不下去。」

會這麼說，主要還是曉潔想到了一件事情，雖然說現在還勉強可以封印住，不過其實就某種程度來說，是靠著曉潔定期的巡邏與補強，才勉強維持住的。

但是曉潔的這些補強其實完全無助於封印的強度，換句話說，被封印住的惡靈如果力量持續變得強大，並且對這個封印產生衝擊的話，很可能就像壓力鍋那樣，整個爆開來，到時候不只難以解決，說不定還得要同時對付四十九個縛靈。

先別論曉潔能不能夠應付，光是死傷可能就是難以避免的結果。

所以最理想的狀況，可能還是找個時間把封印解開，看看是要重新弄一個新的封印，還是直接對付那個被封印的惡靈，才會是比較好的辦法。

如果要解開封印的話，曉潔希望可以得到任何寶貴的意見，尤其是像鍾家續這種同行的意見。更重要的是，教官曾經說過，當年阿吉進去出來之後，手上多了一個血染的戲偶，過去不知道鬼王派還有倖存者，現在知道了之後，那個血染戲偶很可能跟鍾家續他們家的人有關，這點上次曉潔沒有問鍾家續，如果有機會的話，她會問問看鍾家續。

畢竟，如果這個惡靈真的跟他們家人有關的話，至少也可以知道被封印的惡靈是哪一種靈體，這樣真的會方便許多。

4

鍾家續的通訊軟體，依舊維持著未讀未回的狀況，即便撥了電話，也是直接轉語音信箱。

曉潔掛上電話，畢竟要留言自己已經留言過了，現在再留也沒有什麼新意。

曉潔想起了詹祐儒，在那天慶功宴結束之後，曉潔有拜託詹祐儒，希望她可以透過米古魯兔，問一下詹祐儒的狀況。

現在已經過了幾天了，不知道有沒有下文，於是曉潔傳訊息向詹祐儒問問看狀況。

曉潔：學長晚安，想問你一下，前幾天拜託你的事情，米古魯那邊有沒有回應？

過了一會之後，詹祐儒回訊息，只有短短四個字。

詹祐儒：無可奉告

曉潔：啊？

詹祐儒：這就是米古魯兔回我的訊息。

曉潔：……

光是從這四個字，還真是讓人無法推測出鍾家續那邊發生了什麼事情。

詹祐儒：算了啦，別用熱臉去貼人家的冷屁股了，有些人就是輸不起。

當然詹祐儒並不知道，那天曉潔跟亞嵐有去鍾家續家裡，跟鍾家續的父親見面的事情，所以單純就是認為，米古魯兔跟鍾家續會有這樣的反應，是因為在網路論壇上面，小說全面潰敗之後的酸性反應。

詹祐儒：總之，他們如果態度要那麼酸，見不得人家好，我們又能如何呢？

沒有回應詹祐儒的問題，不過曉潔也知道，那是因為詹祐儒並不了解發生了什麼事情，所以會這樣想，似乎也是情有可原。

從目前的狀況看起來，或許那一次的會面，自己確實有點得罪了鍾家續的父親鍾齊德，如果是因為這樣，而讓鍾家續又再度因為家規的關係，被限制外出，這也不是曉潔所樂見的結果。

如果真的是這樣的話，當然要她再跟鍾家續的父親見一次面，甚至如果有誤會的話，曉潔也很願意解釋清楚，但是最怕的就是像現在這樣，完全斷了聯繫。

當然曉潔還記得鍾家續的家怎麼去，不過完全沒有通知一聲，就直接過去拜訪，似乎也說不過去。

不管怎樣，都應該先跟鍾家續談一下再說。

如果再這樣下去的話，或許自己應該去學校找他一次。曉潔心中這麼想著。

但是她不知道的是，會有這樣的結果，並不是鍾齊德的決定，而是鍾家續自己的想法。

第5章・成長

1

——四個月後。

地下停車場總是給人一種毛骨悚然的感覺。可能就是因為終日不見陽光，加上空間寬敞，所以常常會有許多不明的聲音，讓人感覺到不安。因此有許多人，其實非常不喜歡地下停車場。

尤其是這個地下停車場，先別說那個完全沒有燈光的地下三樓，光是前面兩樓，就已經讓亞嵐覺得不舒服。

由於還沒有正式對外營業，所以整個停車場空空蕩蕩，地下一樓的時候還沒有這種感覺，可是一到了地下二樓，就給人一種與世隔絕的錯覺，彷彿來到了另外一個世界。

詹祐儒跟亞嵐，就站在通往地下三樓停車場的斜坡向下看。

地下三樓的停車場一片漆黑，由於斜坡是半圓弧狀的，因此二樓的光線，很難投射到三樓，光線幾乎全部都在三樓車道入口處打住，再往裡面走個幾步就是完全漆黑的環境。

兩人盯著那片黑暗，就好像等待著什麼從裡面冒出來一樣。

過了一會之後，一個身影緩緩地從黑暗之中走了出來。

即便本來就是在等著那個身影的出現，不過一看到黑暗中走出來的人影，還是讓兩人不自覺地屏住氣息，等到確定那人就是自己所等待的人，才鬆了一口氣。

那個從黑暗中走出來的人影，不是別人，正是曉潔。

曉潔來到兩人身邊，然後把剛剛進去測驗的結果拿給了亞嵐。

那是一個紙蓮花，只見亞嵐接過紙蓮花之後，臉色立刻變得又驚又喜。

因為紙蓮花明明應該是很輕盈，甚至感覺不到多少重量，但是現在手上的紙蓮花卻感覺像是一個漢堡一樣重。而且用來摺蓮花的紙，通常也是薄薄的一張，但是這時候紙蓮花的紙感，卻像厚紙板一樣硬。

「這就是紙蓮探怨，」曉潔笑著說：「這個算輕的了，我以前遇過一個跟磚頭一樣重的。」

亞嵐一邊滿足地點著頭，一邊將手上的紙蓮花收入袋子裡面，這個一定會納入她的珍藏品之中。

曉潔回頭看了看三樓的一片漆黑，然後挑眉看向二樓，示意大家上樓說。

三人回到二樓，然後離開那個斜坡一段距離之後，曉潔才轉過來跟兩人討論。

「跟我們預想的一樣，」曉潔說：「不過剛剛下去用紙蓮花試時，對方藏得很好，完全不肯露面。」

聽到曉潔這麼說，詹祐儒的臉整個垮了下來。

「那就只能派出王牌出馬了。」亞嵐笑著說的同時，兩人不懷好意地一起看著詹祐儒。

一片伸手不見五指的黑暗空間中，一道光柱宛如刀刃般，劃過這黑暗的空間。

四周是一片死寂，只有詹祐儒獨自的呼吸聲，在這空間中迴盪。

詹祐儒顫抖的手緊緊抓著手上綻放出光線的手電筒，恐懼的情緒完全反映在那搖擺不定的光線之中。

差不多走了幾分鐘之後，詹祐儒深呼吸一口氣，然後把手電筒關上，整個空間瞬間又被黑暗給吞沒。

過了一會，一陣打火石的聲響與火花，從詹祐儒手上傳了出來。

嚓、嚓、嚓……

可能是因為恐懼導致手有點無力的關係，詹祐儒一連打了幾次，都沒辦法把打火機點燃。詹祐儒稍微停了一下，甩一甩自己的手，然後深呼吸一口氣之後，再試了一下。

嚓的一聲，火光從氣口噴出，一道小小的火柱，出現在打火機上。

比起手電筒的燈光，打火機所能產生的光芒要微弱許多，散發出來的光線讓周圍宛如一個在黑暗中的燈籠一樣。佇立在燈籠中的詹祐儒，在火光照映下黑黃相間的臉孔，加上恐懼的表情，整個模樣其實頗為嚇人，幸好詹祐儒自己看不到，否則肯定會被自己的模樣嚇到腿軟。

詹祐儒瞪大雙眼，仔細看著打火機上的火光。

在這完全靜止與黑暗的空間之中，打火機上的火焰筆直，完全沒有半點動靜。

不過詹祐儒不敢大意，緊緊盯著那個火光，果然下一秒，火光一搖，整個朝左傾斜，由於此刻詹祐儒早就因為恐懼的關係，渾身都是汗水，因此如果有風的話，甚至只要有點空氣的流動，都可以立刻感覺得到。但是此刻皮膚卻沒有任何感覺，因此詹祐儒立刻知道情況不對，讓火光搖曳的絕對不是風。

站在原地的詹祐儒不敢有太大的動作，緩緩地舉起了另外一隻拿著手電筒的手，對準了自己的右側，一打開手電筒，立刻看到一張恐怖扭曲又駭人的女性臉孔，出現在燈光之下。

女鬼嘟著嘴，正在吹著詹祐儒手上的燈火，想不到突然被詹祐儒用手電筒直射，在強力燈光的照射之下，又驚又怒的女鬼被逼退一步，並且用手遮住那刺眼的光線。

當然如果只是一般的手電筒，頂多只能稍微恫嚇一下這樣的怨靈，不過這個手電筒上貼有符咒，對鬼魂也有一定的殺傷力，附帶一提的是，這也是亞嵐提議的，在上一次的任務之中也有試驗過了，確實很有用。

不過即便有點殺傷力，但是絕對不足以消滅任何鬼魂，因此女鬼退了幾步之後，立刻雙手一攤，大聲咆哮，然後氣急敗壞地朝著詹祐儒撲過來。

一看到女鬼衝過來，詹祐儒哪裡還敢停留，立刻轉身拔腿就跑。

女鬼一邊咆哮，一邊追著詹祐儒，詹祐儒則是馬不停蹄，朝著遠處那個光源跑去，因為那裡就是出口所在。

不過跑不到一分鐘，那女鬼咆哮的聲音越來越靠近，眼看是逃不掉了，詹祐儒驚慌地轉身，手一舉、腳一抬，魁星踢斗的姿勢立刻擺了出來，那女鬼一撲上去，立刻被魁星踢斗的威力彈開。

靠著魁星踢斗把女鬼震開之後，詹祐儒不敢停留，立刻轉身又繼續朝著出口跑。

跑沒幾步身後又傳來女鬼的咆哮聲，詹祐儒心一慌，腳步一個踉蹌，整個竟然跑到仆倒在地上，比起前陣子台北市長試跑時候的模樣，還要更加狼狽。

這一仆倒不只沒辦法擺出魁星踢斗的保命姿勢，就連手上的手電筒都飛出去了。

接二連三被詹祐儒震退的女鬼，此刻當然不會放過他，眼看他仆倒在地上，立刻衝上前準備給他來個致命的一擊。

女鬼衝到了詹祐儒腳邊，舉起了手，還來不及揮下去，頸子上有個東西一縮，還沒看清楚是怎麼回事，脖子就被人用不知道什麼東西套住了。

原來在黑暗之中，曉潔跟亞嵐一直都埋伏在牆邊，等到時機成熟之後，才上前來偷襲女鬼。

雖然兩人沒有半點照明，但是因為開眼的關係，不需要光線也可以看得到女鬼，反倒是女鬼因為太過於專注在詹祐儒身上，加上氣急攻心，才會完全沒有注意到兩人的埋伏。

看到詹祐儒跌倒之後，兩人也立刻一擁而上，亞嵐用拘魂索套住了女鬼的同時，曉潔也來到了女鬼的面前。

「朝露解恨意，柳葉散怨氣，」曉潔用沾滿露水的柳枝葉，拍打在女鬼的身上：「地怨靈，這就是妳的名。」

一連拍打了數下之後，女鬼痛苦地掙扎，可是無奈脖子被套住，也沒辦法逃離，就這樣被露水與柳枝拍打在身上。過了一會女鬼就好像是乾冰做的一樣，大量的煙霧從女鬼身上冒了出來。

積怨氣而成靈，就是怨靈的基本特徵，這些煙霧正是匯集成靈的怨氣，此刻消散出來，也代表這個地怨靈也即將消失。

果然過沒多久之後，煙霧消散，原本的女鬼也消失得無影無蹤。

就在地怨靈消散的同時，停車場天花板的燈突然之間一起亮了起來，照亮了整個地下三樓。

三人抬頭看著終於亮起了燈光，這下不需要曉潔宣布，詹祐儒跟亞嵐也知道事情搞定了。

原來這座地下停車場因為一些因素，所以廢棄多年。後來一位同學的爸爸，將這座停車場買下來之後，想要重新開張，所以找來清潔人員跟工人重新整理。前面兩樓倒還沒什麼問題，但是清理到地下三樓的時候，就一直出現一些莫名其妙的狀況。

首先最奇怪的是，明明已經恢復了電力，但是電就是過不了三樓，儘管電力公司已經派人檢查，一切都很正常，但是電力就是進不了三樓。由於身處於地下三樓，所以少了電力就等於完全沒有光線，就連清掃都有困難。

而這還不是最糟糕的，最糟糕的是有工人不聽工頭的勸阻，勉強下去施工，想要找到電力中斷的原因，結果一下去就沒有上來了。後來工頭覺得不對勁，帶著其他工人下去找人，才發現那個工人暈倒在三樓，而且連褲子都不見了。把那個工人救醒之後，工人一直說他在下面遇到一個女人，他就是被那個女人嚇暈的。眼看事情不太對勁的工頭，找上了老闆，最後兩人查訪附近的鄰里才知道，原來當年發生過一起命案，兇手把被害者的屍體塞到後車廂，把車子就停在這個地下停車場的角落。在那之後，這座停車場就不時傳來靈異的傳聞，嚇得很多車主都不敢把車停在這裡，最後就這樣沒落了。

當然知道這件事情之後，連那些工人都不敢繼續工作，可是同學的父親已經把所有錢都投入在這座停車場的投資，實在經不起這樣的損失。

後來這位同學想起了在PTT很有名的詹祐儒，於是向詹祐儒求救，驅魔快打部隊就是因為這樣才來到這座停車場。在曉潔跟亞嵐的測試之下，確定了在地下三樓的靈體，果真就是地怨靈。

於是計畫妥當之後，曉潔、亞嵐、詹祐儒三人各司其職，很順利地解決了這次的事件。

雖然看起來很順利就解決了，但是曉潔還是知道自己的不足，至少在口訣之中那招讓碎金碎銀飛滿天，最後一把火鎮魂的招數，她就在么洞八廟前面試過，可是怎麼樣都沒辦法用一把孔明扇，就讓碎金、碎銀飛舞起來。不然在這個無風的環境之中，那招用起來應該會比較容易成功。

然而不管怎麼說，即便現在這樣的靈體，對驅魔三人組來說，已經不算是什麼太危險的案件，不過終究還是實戰，想要真的可以像阿吉那樣，在實戰之中用出這樣的招式，還是先等自己真的有辦法在么洞八廟前用得出來再說吧。

雖然目前來說，還是有很多時候，沒辦法用最好、最有效的方式來對付靈體，不過就目前來說，驅魔三人組的配合與狀況，也越來越好了。

比起上學期來說，現在的驅魔三人組越來越成熟，下學期一連處理了幾個案件下來，都跟這一次差不多。

雖然還不到「羽扇綸巾談笑間」的程度，不過整體處理下來，也沒什麼太大的意外與驚險，比起驅魔三人組剛成立的時候來說，現在整體來說穩定很多，加上分工與各自的角色也都分配得很好，因此處理起來更有效率，危險性也大大降低。

基本上，詹祐儒扮演的就跟今天的角色差不多，經過了這將近一年來的經驗，不管詹祐儒願不願意承認，他的魅力確實人鬼通吃，很容易吸引到鬼魂的注意，因此要把鬼引誘出來，詹祐儒絕對是不二人選。

而曉潔基本上還是維持原來的角色，就像是部隊的司令一樣，只有她知道該怎麼處理這些案件，自然也只能由她來指揮。

然而驅魔三人組之所以可以在短短幾個月的時間，就瞬間穩定下來，成長最多的人，肯定非亞嵐莫屬了。

原本只能在旁邊觀看，既不能吸引鬼魂，也不能幫忙驅魔的亞嵐，在經過幾個月的鍛鍊之後，現在也能做一些不需要半點道行，就能夠處理的事情。

而情況真的跟曉潔寒假時所想的一樣，既然三人要共出任務，那麼基本上一些保命的方法，都需要知道一些，不然真的太過於危險了。

因此就連詹祐儒，都知道個最基本的魁星踢斗，至少可以在真正危急的時候，可以用得上。

而亞嵐就更不用說了，雖然口訣跟學習方面，亞嵐稱不上優秀，甚至可以用糟糕來形容，不過在實際上應用，以及實戰方面的學習，亞嵐就很有天分。

所以除了可以幫忙曉潔分擔一點工作之外，更重要的是，亞嵐越來越了解口訣方面的事情，也往往可以給曉潔出一些曉潔可能壓根兒沒有辦法想到的點子。

三人就這樣合作無間，讓整個驅魔的過程，變得簡單很多。

不過輕鬆只是整個流程，對詹祐儒來說，他一點也沒覺得變得比較輕鬆，每次總是會像現在這樣，跑到上氣不接下氣。

「不行了，」詹祐儒喘著氣說：「停車場下面好悶，我需要……出去透透氣。」

詹祐儒說完之後，轉身朝樓梯間走去。

看著這樣跑沒幾步路，就已經氣喘吁吁的詹祐儒，曉潔不自覺地搖搖頭。

還記得寒假的時候，地下街的事件裡面，他一個人被全地下街的人追，那時候他幾乎來回急速狂奔超過一公里，似乎也沒有現在那麼沒體力。

這一個學期以來，不管是曉潔還是亞嵐，都可以明顯感覺到比起上學期在驅魔這方面的能力來說，有了很大的進步與成長。

就只有詹祐儒，原本最實用的吸引靈體注意力與體力，都呈現明顯的下滑現象。

「沒辦法，人家不是說，運旺就是時運旺，時運旺就不容易吸引鬼魂的注意啊。」

亞嵐理所當然地提出了自己的想法。

「時運旺？」曉潔不解：「他最近有發生什麼好事嗎？」

「慶功宴的時候他不是說過了，有出版社看上他在網路上寫的那些小說，」亞嵐說：「聽說就是下個月會出書。說到網路上的小說，妳有去看過了嗎？」

「沒。」曉潔搖搖頭。

「哈哈，」亞嵐拍拍曉潔的肩膀說：「還好妳沒去看，不然妳應該會掐死他。」

亞嵐會這麼說，就是因為詹祐儒所寫的內容，幾乎都是驅魔三人組出擊的故事改編，所謂的改編，最大的部分就在於故事中負責驅魔的學妹，一直愛慕著身為主角的學長。

聽到亞嵐這麼說，曉潔瞪大雙眼，不過想了一會之後，搖搖頭說：「算了，我還是眼不見為淨。」

「哈，」亞嵐笑著說：「就像妳自己說過的啊，聽不到、看不見，不代表它不存在喔。」

聽到亞嵐這麼說，曉潔賞了亞嵐一記白眼。

談笑之間，曉潔跟亞嵐分工，準備把東西收拾好，就可以打道回府了，正準備動手時，曉潔突然又不自覺地轉過頭去，看著另外一個入口，彷彿那邊有什麼身影出現一樣。

「有什麼情況嗎？」亞嵐見了問曉潔。

「沒有。」曉潔回答。

確實那邊看起來什麼人影都沒有。

「……還是妳期待什麼人出現嗎？」亞嵐笑著問。

「嘟嘟，妳好煩。」曉潔白了亞嵐一眼。

不過曉潔會有這樣的反應，確實是被亞嵐說中了，在望向那邊的時候，曉潔確實有期待著二人組的身影，出現在那個入口。

「他還是沒有回應？」亞嵐問。

「嗯。」

亞嵐這邊所謂的他，指的當然就是鍾家續。

下學期到現在已經過了大半，幾乎都快要到了尾聲，不過自從寒假的地下街事件之後，驅魔二人組就不曾再出現。

雖然說想要找時間跟鍾家續好好談一下，不過開學之後的步調，真的比曉潔、亞嵐想像中還要快速。

下學期開始之後，不管是亞嵐還是詹祐儒，都比上學期明顯要忙得很多。社團、系學會，加上課業，然後休息一個月後又再度開始的驅魔三人組活動，幾乎把三人的時間佔滿。

以至於找鍾家續的計畫，也一延再延，拖到了學期都快結束了，還是沒能成行。

不過，或許等暑假開始之後，比較有時間再想辦法聯絡，也不失一個比較好的辦法。

畢竟曉潔這邊忙，鍾家續跟米古魯兔那邊，說不定也有自己需要忙碌的事情。

整理好東西，準備打道回府的曉潔這麼安慰著自己。

反正距離學期末，也只剩下幾個禮拜了，到時候再說吧。

這是本學期，驅魔三人組的第三次出擊，也是這學期最後的一次出擊。

2

打從上學期的迎新晚會以來，曉潔的大學生活，真的有點動盪與混亂。

除了步上自己想都沒想過的道路之外，還遇上了一個宛如明星等級的直屬學長，更碰上了傳說中鬼王派的傳人，一個接一個全部都是出乎曉潔意料之外的事情。

遇到這些接踵而來的事件，讓曉潔不要說好好享受大學生活了，感覺整個上學期，就在一片混亂中度過。

下學期開始之後，即便跟上學期差不多忙，不過一切似乎有了改變，可能一來比較得心應手，二來有了規律之後，就比較不會手忙腳亂。

下學期開始，驅魔二人組似乎真的徹底停擺了。

三人不再見過他們，網路上也不見米古魯兔的蹤跡。

當然最大的受惠者就是詹祐儒，在失去了主要的競爭對手之後，詹祐儒的一切都一帆風順了起來，不但重新回歸作家的行列，在校園裡面更是風光。

也因為這個原因，詹祐儒變得比較沒有那麼積極。

驅魔快打部隊，整個下學期到了尾聲也不過出動三次。

當然對於這點曉潔跟亞嵐也不強求，在一切逐漸步上軌道的現在，有練習的機會就已經很不錯了，正所謂重質不重量。

加上傳授一些口訣給亞嵐的關係，也讓曉潔有機會體會到什麼是所謂的教學相長。對於原本就已經背熟的口訣，有不少地方因為要教亞嵐的關係，讓曉潔有了更深入的了解與想法。

尤其是亞嵐在這方面是個非常好學、好奇的學生，總是會問一些有的沒的，三兩下就可以把曉潔考倒，在絞盡腦汁回答這位學生的同時，也給了曉潔許多不同的角度來看口訣。

在這樣充實的生活之中，大一下學期的日子過得很快，每個禮拜固定的時程，幾乎就已經佔滿了曉潔所有的生活。

早課、晚課、傳授口訣、練習操偶、上學、社團活動……等等，除了偶爾驅驅魔之外，曉潔的生活就跟大一的學生沒有什麼兩樣。

就這樣來到了距離學期末只剩下兩個禮拜的時候了。

放學時間到了，校門口開始出現返家的人潮。

不過由於是大學，所以即便到了這種時刻，也不會出現像是國高中那種人山人海宛如海嘯般的景象。

許多最後一節沒有課的同學，早就已經回家了。

一個女子站在校門外，一對大眼睛緊緊地盯著校門口，等待著她的目標出現。

今天是週五，接下來就是週末假期。

每逢週五，就是亞嵐曉潔傳授口訣的時候，兩人會在學校附近找個餐廳用餐，然後一起回到么洞八廟，開始傳授口訣。

有時候時間如果太晚，亞嵐會留下來，在廟裡過夜，這樣一來第二天還可以一早跟曉潔一起練習戲偶的操作。

這就是這一個學期以來，曉潔跟亞嵐每個禮拜五的行程。

有別於過去曉潔學這些的時候，因為時間緊迫，所以幾乎可以說是密集式的填鴨教育。現在兩人感覺比較像是才藝補習班，進度可說輕鬆又自在，完全配合亞嵐學習的腳步就可以了。

在經過前面幾個月的磨合期之後，現在不管是亞嵐還是曉潔都已經意識到，要亞嵐記住口訣，短時間內恐怕是一件不可能的任務，畢竟現在有學校的課業要顧，加上口訣真的不好背，亞嵐小小的一顆腦袋，實在記不了那麼多東西。

因此，現在曉潔大部分都是挑著上，甚至配合現實生活中的經驗，遇到類似的靈體與事件就傳授相關的口訣。

畢竟處理完之後，因為多了實務上的經驗，亞嵐就比較容易記住這些口訣，雖然還是背得亂七八糟，不過整體意思大概還算可以通順過去。

「這就是我哥說的，讀書求懂、絕不死記的道理了！」

這種時候，亞嵐總是會拿哥哥來當擋箭牌，只是可想而知的是，她的哥哥肯定讀書也不怎麼樣。不過當然，這點心得曉潔不會告訴亞嵐就是了。

總之，每到了週五的時候，只要驅魔快打部隊沒有任務要出，就是兩人的口訣傳授時間。

今天兩人上完課，上個禮拜才剛出過一次任務，所以照這學期的步調來說，這個禮拜不會再有任何計畫，兩人照著週末的計畫，準備去找個餐廳吃飯，然後一起回去么洞八廟。

兩人有說有笑地並肩走出校門，一個女子立刻迎上前來。

原本臉上還有著笑意的曉潔，一看到了女子，臉立刻沉了下來。

「哈囉，」女子對著曉潔說：「還記得我嗎？」

當然不需要曉潔回答，光是看到曉潔瞬間改變的臉色，亞嵐也知道曉潔絕對記得女子的身分，只是亞嵐卻對女子沒有什麼印象。

女子約莫比她們大上一些，身穿一身套裝，看起來就好像在知名公司上班的上班族。

曉潔點了點頭回答，「記得，妳是陳憶玨檢察官。」

想不到曉潔不但記得自己，連名字都記得一清二楚，讓陳憶珏有點驚訝，不過……這似乎也是意料之中的事情，先不說在大學時代就被檢察官偵訊的經驗，確實讓人難忘，光是想要成為一個鍾馗派的道士，需要記住那大量的口訣，本身的記憶力自然不在話下。

「方便聊一下嗎？」陳憶珏臉上掛著一抹微笑地問。

有鑑於兩人上一次的會面場合，曉潔實在很難因為一個微笑就放鬆下來，不過還是點了點頭，望向亞嵐一眼。

「那我先去那家餐廳外面等妳。」亞嵐對曉潔說。

曉潔點了點頭，因為光是從教室到校門口的這段路上，兩人已經決定好了要去的餐廳。

亞嵐離開之前，還用手在耳邊比了一下電話的樣子，示意曉潔如果有麻煩可以立刻打電話給她。

畢竟來的人是檢察官，而上個學期曉潔才被警方因為殺人罪嫌逮捕過，雖然後來好像就沒事了，不過就連曉潔也不知道警方那邊調查的進度如何。

等到亞嵐離開之後，兩人走進校園裡面，在校門口附近找到一個可以坐下來的地方。

「別那麼緊張，」陳憶珏笑著對曉潔說：「這次我不是以檢察官的身分來找妳的，妳就當作是閒聊，放輕鬆點。」

曉潔勉強地點了點頭，但是很顯然這是一場「不太方便拒絕」的閒聊。

上一次兩人見面的時候，曉潔還在警局的偵訊室裡面，因為殺人嫌疑的關係，等待著陳憶玨的偵訊。如今見面雖然在寧靜的校園之中，但是氣氛仍然顯得有點肅殺。

「所以你們找到了那個兇手了沒？」曉潔問。

「還沒，」陳憶玨搖搖頭說：「不過我們初步已經排除了妳的涉案，這點妳可以放心。」

「喔？」

當然聽到了這樣的話，曉潔確實安心了不少，一度曉潔也相當不安過，懷疑自己會不會到頭來真的被當成了殺人兇手，因此聽到了這樣的話確實讓曉潔感覺到慶幸。這倒不是什麼偵訊的話術，而是真實的情況，只是陳憶玨所說的，是最後的結果。

現在是下學期接近尾聲，換句話說距離兩人上次見面，差不多也過了八、九個月了。在那之後，台灣各地陸續還是發生了幾起兇殺案，這些人也多半都跟鍾馗派扯得上邊。

在曉潔被警方扣留之後，就一直被警方列為重要嫌疑人，因此對曉潔的行蹤，也都確實掌握。負責這個案件的陳憶玨，基於對鍾馗派的了解，知道鍾馗派的人都有一定以上的記憶能力，因此在掌握曉潔行蹤的時候，會用比較特別的方法，從各地調來不同的員警，負責跟監曉潔，只要有機會被曉潔看到，就會立刻撤換。因此這段時間以來，曉潔完全沒有發現，自己其實一直被警方跟監。

不過也正因為行蹤被掌握的關係，所以在接連幾起案件發生之後，調查人員自然知道她距離那些命案現場都很遠，因此排除了曉潔的嫌疑，當然也同時解除了對曉潔的追蹤。因此現在陳憶玨所說的，不過就是最後的結果。

「我這次會來，」陳憶玨說：「跟我上次說的一樣，妳是我知道目前唯一一個算是鍾馗派的人，其他人不是失蹤，就是死亡。」

聽到這裡，曉潔又再度想起了當時偵訊時看到的頑固老高等人的照片。

「所以我希望以個人的身分來問問看妳的看法，」陳憶玨接著說：「其實有些事情讓我一直很在意，不過就是有些地方不是很能理解，如果妳有任何想法的話，希望妳也可以跟我分享。」

「什麼地方？」曉潔問。

「就像妳應該也知道，這些案件的被害者，都是跟鍾馗派有關係的人。這也是我今天來想要提醒妳的地方，妳是目前唯一一個在檯面上的繼承人，所以我擔心……」

「我也是歹徒的目標？」

「嗯，」陳憶玨點了點頭說：「畢竟歹徒目前看起來，都是找跟鍾馗派有關的人下手，所以實在無法理解為什麼妳會完全沒有被列為目標。」

「……那還真是不好意思啊。」曉潔冷冷地說。

「不，」陳憶玨笑著說：「當然這是好事啦，妳沒事當然最好，只是我們想不透而已，沒有別的意思，妳別放在心上。」

當然說不放在心上，多少也有點強人所難。畢竟好不容易洗刷冤屈，被排除嫌疑，結果卻因為自己沒有被歹徒傷害，引發更多質疑，不管是誰難免心裡都不會太好受。

「不過這些都不是我今天來的原因，」陳憶玨說：「我今天來是想要跟妳打聽一件事情。」

「嗯？」

「妳……」陳憶玨沉吟了一會之後說：「有沒有聽過鬼王派？」

跟上一次第一次偵訊時一樣，陳憶玨果然還是有一句話讓曉潔心跳漏一拍的能力。

曉潔愣了一會之後，才點了點頭說：「有。」

經過陳憶玨這麼提醒，曉潔也想到了，對，當時因為不知道鬼王派還存活著，所以根本就沒有想過類似的問題。

但是很明顯的，現在鬼王派也確實有傳人，會不會……

當然曉潔不懷疑鍾家續，以及鍾家續的父親，畢竟光是鍾家續的父親鍾齊德，先別說行動不方便，就算真的有那個能力可以殺人，在毫不掩飾的情況之下，警方如果調閱附近的監視器，加上比對各個案件的資料，應該不難發現有個架著拐杖或者坐著輪椅的老年人，出現在鏡頭中才對。

所以曉潔想到的是，會不會鬼王派其實有其他家的人，但是鍾家續並不知道呢？

「我想問一下，」突然想到了什麼，曉潔突然問：「妳剛剛說的那些案件，大概都是哪時候發生的？」

聽到曉潔這麼問，陳憶玨想了一下之後說：「在妳的案件過幾個月後，在基隆有一起……然後，我想一下，上個月十三還是十四號，在台東又發生過一起。對了，還有就是今年二月吧，就是過年那段時間，所以印象比較深刻，過年後過沒幾天，在台南有一個廟公遇害，然後隔一個禮拜還是幾天之後，也有一個女孩也死掉了。」

聽到這裡曉潔內心一凜，對發生在台南廟公的那起案件，曉潔印象很深刻，因為以時間點來算，應該就是他們去地下街的那天。而當時在處理的時候，鍾家續也在。當然這樣就要說鍾家續無辜，似乎也有點太過於漏洞百出，不過那天鍾家續的言行看起來，一點也沒有異狀。

所以曉潔相信，鍾家續應該跟這些案件無關，當然這也是曉潔個人一廂情願的想法。不過曉潔還是認為，如果鍾家續真的在那幾天犯過案，憑自己的觀察力，不可能沒有發現半點異狀。

「怎麼啦？」陳憶玨問：「怎麼會突然問這個？」

「嗯，」曉潔點點頭說：「我在想會不會因為那些時間，我人都在台北的關係，你們才會排除我的嫌疑。」

陳憶玨苦笑地點了點頭，確實這也是他們會排除曉潔嫌疑的主要原因之一，這點曉潔沒有說錯，但是實際上，曉潔想的卻不是這件事情。

「我這次來就是想跟妳打聽鬼王派的事情，」陳憶玨說：「因為我這邊可以問到的資料很有限，所以想要問問看，到底所謂的鬼王派是怎麼回事，他們跟鍾馗派之間，又有什麼樣的恩怨。」

曉潔點了點頭。

曉潔把鍾馗派跟鬼王派之間的淵源，簡單地告訴了陳憶玨，陳憶玨認真地聆聽，然後不時低頭做了一些筆記，這些曉潔都看在眼裡，不過曉潔內心卻開始猶豫了，猶豫著……等等很可能會聽到的問題，到底該怎麼回答。

果然，在聽完曉潔說完之後，陳憶玨檢視了一下筆記，想了一會之後，點點頭將那個問題說了出來。

「所以，」陳憶玨說：「就妳目前所知，現在還有鬼王派的人嗎？」

雖然早就有心理準備，也考慮了好一會了，不過真的聽到這個問題，還是讓曉潔猶豫了一下。

「我聽我師父說，」曉潔淡淡地說：「他們已經消失很久了。」

這就是曉潔最後給陳憶珏的回答。

不是為了包庇任何人，也不是為了不出賣任何人，只是單純不想要讓原本就已經狀況很嚴峻的鍾家，再添任何麻煩了。

至少……不要是透過自己給的麻煩，畢竟曉潔身分也很敏感，如果真的因為自己的一句話，就害得鍾家被調查，自己又是鍾馗派的，感覺很像是利用警方來打擊對方。

這是曉潔的想法，可是在話說出口之後，不知道為什麼，曉潔還是感覺到難受，即便相信鍾家續跟鍾齊德不是兇手，曉潔還是覺得不舒服。

在那之後，陳憶珏又陸續問了一些問題，不過那些問題都很不著邊際，曉潔應付一下就過去了。

在離開之前，陳憶珏給了曉潔她的名片，要曉潔多注意自己的安全，如果有問題或者發現什麼可疑人士或危險，都可以打電話給她。

目送陳憶珏離開，曉潔還是覺得，這位檢察官似乎跟鍾馗派有點淵源，至少，她對鍾馗派的了解，真的比一般人都還要來得多。

3

在陳憶玨離開之後，曉潔到餐廳想跟亞嵐會合，來到餐廳外，卻沒有看到亞嵐的身影，餐廳裡面也沒有見到人。

曉潔拿出手機，順便打量一下四周，想看看亞嵐到底跑哪裡去了，掃視到一半，雙眼就被某個地方吸引住。

那個地方是附近居民跟C大學的學生，會停泊機車的地方，而曉潔之所以會看往那邊，是因為有一台機車，就這樣倒在地面上。

而在那個停滿機車的另外一邊，是一塊荒地，就是上次曉潔跟縛靈交手過的地方。

曉潔皺著眉頭，朝那邊走過去。

一靠過去，看了眼倒在地上的機車之後，視線朝荒地一看，就看到了亞嵐。

亞嵐站在荒地中，與另外一個看起來像是學長的男同學對峙。

就在曉潔還搞不清楚狀況的時候，學長突然衝向亞嵐，看起來就好像要把亞嵐撞倒一樣。

當然曉潔不知道的是，在陳憶玨跟自己說話的時候，亞嵐本來打算一個人先到兩人決定好的餐廳門口等待，誰知道等了一會，就感覺到迎面走來一個男同學看起來有點怪異。從男同學的外貌看起來，應該是同校的學長。

這個迎面而來的學長走起路來有點搖搖晃晃，是亞嵐在第一時間會注意到他的原因。而就在亞嵐覺得，怎麼這個學長走起路來像是喝醉酒了一樣，望向學長的臉時，她注意到那個學長的眼睛，一對瞳仁在眼眶裡面隨機打轉，模樣看起來十分詭異。

這種現象亞嵐一點也不陌生，記得寒假的時候，跟鍾家續他們在地下街的事件中，就有看過這種現象。事後曉潔也跟亞嵐解釋，這是鬼上身的一種典型狀況，一般來說，會有這樣的情況，不是上身靈體的力量太弱，就是上身的時間太短。

就好像俗稱的「眼睛為靈魂之窗」一樣，據說鬼上人身，最難控制，也是最後控制到的就是雙眼，因此鍾馗派裡面，也有很多透過雙眼來測驗靈體的辨法。視雙眼的狀況，以及在雙眼做一些測驗，都有可能找到一些蛛絲馬跡，來幫助道士辨別靈體。

當然看到了這樣的情況，亞嵐立刻知道這個學長很有可能被鬼上身，而且極有可能就是縛靈，所以亞嵐便跟著學長，拿出手機，準備打電話給曉潔。

誰知道學長朝停放機車的停車場走，很快就把車子架起來，就要騎走了。

亞嵐見了立刻上前，希望可以阻止學長把車騎走，畢竟現在這種狀況下騎車，是非常危險的。

「學長，不好意思，可以耽誤你一下嗎？」

亞嵐趕到身邊，阻止了學長騎車，學長望向亞嵐，雙眼的瞳仁仍然肆意亂轉。

「學長你狀況好像不是很好，現在騎車不好吧？」

亞嵐這麼跟學長說，不過學長卻完全沒有反應，無視亞嵐，仍然執意要騎車。

亞嵐見到了，心也有點急了，手抓著機車的龍頭，就是不想讓學長把車牽走。

學長看到亞嵐這樣，想要撥開她的手，但是一撥開亞嵐的這隻手，另外一隻手又立刻抓著。

當然這一些動作與反應，更讓亞嵐確定這個學長肯定是被鬼上身，而且上身的時間並沒有很久，所以才會連話都沒辦法說，只有簡單的肢體語言。

結果雙方就這樣拉扯了一小段時間，後來可能是感覺到亞嵐糾纏不清，學長也火了，整個站起來跟亞嵐拉扯，結果雙方就這樣一路糾纏到了停車場旁邊的荒地，機車也倒在地上。

不過因為這邊不是主要道路，只是停車的地方，附近也沒什麼人，不然兩人的舉動肯定會引起旁人圍觀。

而在荒地，雙方的爭執也越演越烈，到後來眼看亞嵐實在糾纏不清，學長也火了，出手想要打倒亞嵐，亞嵐立刻退開，與學長保持距離。

或許是覺悟到亞嵐說什麼都不會退開，因此學長也稍微退下，調整一下態勢，然後朝她這邊衝了過來。

而就是在這個時間點，曉潔出現在荒地邊緣，親眼看到了學長朝亞嵐衝過來的這一幕。

學長朝亞嵐撲過來，亞嵐手一舉、腳一抬，立刻擺出一個魁星踢斗的姿勢。

這個姿勢在曉潔的教導之下，絕對比過去詹祐儒在混亂中所擺出來的正確許多倍，相對地威力也高上許多。

只見那學長手才剛碰到亞嵐，立刻被彈開，看到學長彈開，亞嵐臉上浮現又驚又喜的表情。

那學長被彈開後，摔倒在地上，他很快地爬起，咬牙切齒地怒視著亞嵐，卻也不敢貿然再攻擊。

雖然有了魁星踢斗加持，一時之間也算是立於不敗之地，不過現在的亞嵐，就算真的有點知道該怎麼做，手邊也沒有任何法器，因此一時之間她的作戰方針，也只有拖住這個學長，看能不能夠等到曉潔過來為止。

學長這邊，由於沒辦法攻擊亞嵐，因此只想要擺脫亞嵐的糾纏，於是立刻朝旁邊一跳，想要繞過她。

亞嵐當然也知道學長的意圖，攤開了雙手，擋在學長跟出口之間。

學長看到亞嵐擋過來，當然不敢跟她有任何碰觸，停下腳步之後，立刻朝反方向跑，亞嵐看到了當然也移過去。兩人一時之間，就好像一對超齡學童，在玩老鷹抓小雞一樣。

當然一旁的曉潔見到這個情況，立刻翻找包包，雖然說現在驅魔快打部隊，一點都不快打了，在缺少對手的情況之下，詹祐儒也不再講求速度，不過曉潔身上還是帶著一些最基本的法器。

學長一會左、一會右，亞嵐看到了也是一會左、一會右，亦步亦趨地守著學長。幾次之下，學長突然停了一下腳步，然後突然朝左邊一踏，亞嵐見了，當然也立刻朝學長的左邊方向移動。結果亞嵐的腳還在空中，學長又瞬間向右一動，就好像籃球選手做假動作騙過對手般，虛晃一招。

發現自己被騙的亞嵐，下意識想要回防另外一側，但是重心卻來不及移過來，結果整個人摔坐在地上。

糟了！

亞嵐心中這麼想著的同時，也已經來不及了，學長趁著她倒地的同時，掠過她，朝出口的方向跑。

慌張的亞嵐掙扎著從地上爬起來，想要趕快亡羊補牢時，就看到一個身影飛過去，定睛一看，是一個陌生的靈體。

回過頭一看，就看到了曉潔，手上拿著符，曉潔面前躺著的則是那個學長。

原來剛剛看到兩人在那邊宛如老鷹抓小雞一樣時，曉潔就在找可以對付縛靈的法器，找到的同時，那個學長也騙倒了亞嵐，所以曉潔連出聲提醒亞嵐都還來不及，就立刻上前，用符打在學長胸口，在符文的威力之下，那個上了身的縛靈被打了出來，飛到了亞嵐的面前。

將縛靈打出來的曉潔二話不說，直接將手上的銅錢劍扔給了亞嵐，亞嵐才剛站起來，轉身就接住了銅錢劍。

兩人經過這一個學期的配合，默契也越來越好了。

雖然亞嵐記憶力不好，不過也知道對付縛靈，有兩個最重要的步驟，其中一個就是用銅錢劍，破斷縛靈與被害者之間的那條線。

將劍抛給亞嵐之後，曉潔將手上的小包裝袋打開，裡面裝的就是鹽。

將鹽倒在手上，對準了學長與那縛靈之間一撒，亞嵐見了立刻上前。

只見，亞嵐手拿著銅錢劍，衝到學長跟那個縛靈之間，果真看到了一條宛如繩子般的線，舉起劍，想起這個時候，應該要唸個口訣才對。亞嵐張開口，但是腦袋卻是一片空白，完全想不起來口訣。

結果嘴巴開了半天，卻只能發出聲音，一個字都背不出來，眼看旁邊的縛靈開始有了點動作，亞嵐當然也不敢再想下去了。

不管了，給它劈下去就對了！

畢竟對亞嵐來說，在動手前唸這些口訣的功用，只不過就是增加帥氣度而已。

一劍劈下去，就看見那縛靈晃了兩下，身形一閃，開始朝著出口跑。

當然這是因為縛線已斷，縛靈又再度被拉回當初被束縛的地點。

兩人見了二話不說，立刻追了上去。

縛靈穿過了馬路，一路朝校園直行，進入了校園之後，也繼續朝著宿舍的方向移動。

一路追著那個縛靈的時候，亞嵐發現自己的眼眶，竟然泛淚了。

真的是太感動了，當然，不是為了這個逃出來的縛靈。

而是今天完全是出乎意料之外，由於曉潔不在身邊，加上那個學長就要騎車走了，所以亞嵐才會不得已，把他弄回來。

在那種情況之下騎車，很有可能會出意外。

當然，更重要的是，自己竟然可以單獨解決這樣的事情，真的讓人太感動了。

想想不過才七、八個月前，差不多的地方，看到了縛靈，自己還只能拉住人，不讓他跑掉而已。

想想不過才七、八個月前，自己只能在旁邊，默默……好吧，大聲地幫曉潔加油，但是現在……現在真的不一樣了，自己竟然可以……嗚……

追著那縛靈轉個彎，眼前不遠處就是男子宿舍了，所以曉潔跟亞嵐停下了腳步，接下來不用追那麼急，只要親眼見到那縛靈上去就可以了。

停下腳步喘一口氣，曉潔轉頭看了一眼亞嵐，立刻嚇了一跳，這姑娘怎麼追鬼追到哭，這是什麼概念啊。

「嘟嘟，妳沒事吧？」

「沒事，」亞嵐吸了吸鼻子：「我只是很感動自己竟然真的可以對付那個縛靈。」

聽到亞嵐這麼說，曉潔無奈地搖搖頭，這有必要這麼感動嗎？

回頭盯著縛靈，果然這一次，那個縛靈又跑到了男子宿舍。

曉潔跟亞嵐立刻通知教官，並且上到五樓。

一看之下，果然看到剛剛那個縛靈，就站在其中一個縛靈陣中。

不只如此，就連其他的縛靈，也都開始左右搖擺了起來。

明明昨天兩人才來巡視過，並且上過香，理論上來說不應該發生這樣的事情。

當然，這些靈體會這樣晃動，有可能是因為剛剛那個縛靈跑掉，導致封印的陣形力量減弱之後的結果，不過打從一開始就不應該有靈體跑掉。

「感覺就好像……」兩人想辦法重新補強陣形，並且上香的時候，亞嵐有感而發：

「以前玩過的那個海盜桶的玩具，就是那個插下去，海盜的頭會飛起來的那個。」

當然這個玩具，曉潔就算沒玩過，也絕對有看過。

然而事實上，情況可能真的跟亞嵐的這個聯想一樣，這些縛靈陣的鬼魂們，鎮壓住了底下那惡靈的氣，不過氣息越來越強大的結果，讓這些縛靈就好像開香檳時，被噴開的軟木栓一樣。

「不行，」曉潔下了這個結論：「我們一定要想辦法盡快處理才行。」

至少，今天的這個縛靈讓曉潔了解到，這個封印將不可能永遠維持下去。

如果只是封印的力量減弱，或者是這些縛靈的力量已經不足了，曉潔可能還可以想辦法。

但是現在的問題是，就目前的情況看起來，封印的力量沒有變弱，而是被封印的那個惡靈力量越來越強。

如果是這樣的話，那麼不管曉潔怎麼做，都無法改變最後的結果。

這個封印遲早都會破，差別就在是曉潔他們自己解開，還是那個被封印的靈體自己掙脫開，如此而已。

第6章・對決

1

打曉潔開始照著呂偉道長的口訣強化縛靈陣之後，從來就不再有縛靈跑出來，因此這一次的逃出意外，確實讓曉潔覺得事態嚴重。

這只代表一件事情，不是縛靈陣越來越弱，而是被封印的靈體越來越強。

就好像先前所想的那種壓力鍋一樣，如果不想辦法洩掉裡面高漲的壓力，可能會讓整個縛靈陣爆開，到時候縛靈亂竄，到處害人不說，光是底下封印的那個靈體，在毫無準備的情況之下甦醒過來，會造成多大的傷害，就連曉潔都不敢保證。

雖然曉潔不知道是什麼原因導致被封印的靈體越來越強大，不過這已經是不爭的事實了，現階段去探討原因似乎也沒有意義。

不管怎麼樣，這學期結束前一定要想辦法處理，不能再拖下去了。

下禮拜開始就是期末考，距離學期結束也不過就一個禮拜了，所以就時機點來說，確實是剛剛好的時刻。

因此曉潔想到了鍾家續，至少多一個人，說不定也可以出點意見，當然這也是曉潔對鍾家續實力的肯定。

畢竟只靠曉潔，即便又多了一個學期的磨練，還是感覺到自己的不足。

所以如果可以多鍾家續在旁邊，不要說他可以提供的協助，恐怕比多一個曉潔還要多，光是那個心理層面，確實就讓人多了一點安心與信心。

這就是鍾家續給曉潔的感覺，實力方面絕對不輸給自己。

不過這個學期之中，鍾家續真的就好像失蹤了一樣，訊息既沒讀也沒回。

就詹祐儒的說法，他們二人組也確實在那次寒假之後，就沒有見到米古魯兔的新文章了。

本來想說，等到學校開始放暑假，比較多自由的時間，再想辦法跟鍾家續取得聯絡。

但是現在已經來不及了，所以曉潔也沒有辦法，只好再看看有沒有辦法聯絡到鍾家續了。

週末結束之後，週一中午曉潔來到了系學會，希望詹祐儒可以幫忙再聯絡一次看看。

由於接下來就要期末考了，加上學期末事情比較多，因此驅魔三人組在上一次的任務結束之後，就已經說好暫停，等到期末考考完之後再說。

曉潔來到了系學會，由於有時候會陪身為班代的亞嵐過來，所以曉潔對於系學會，還算熟悉。只是在上個學期，也就是開學之初的時候，曉潔在這裡有過一次很不好的經驗。

那一次曉潔獨自過來，結果教室裡面一片漆黑，還不時傳來哀鳴，還以為又發生什麼靈異的事情，誰知道竟然是詹祐儒在吹噓迎新晚會的事情，讓曉潔又好氣又好笑。

誰知道這一次當曉潔正準備往裡面走的時候，又聽到了詭異的聲音。

上一次是詭異的哀鳴，這一次竟然聽到了幽幽的哭聲。

這是怎樣？

當然這一次，由於光線充足，加上曉潔完全沒有感應到任何東西，所以不是很擔心，不過還是覺得這些人到底是怎樣？老是發出這樣詭異又讓人聽起來毛骨悚然的聲音。

雖然心中多少有點毛毛的，不過該辦的事情還是得辦，所以曉潔走到了系學會門外，朝裡面一看，瞪大了雙眼一臉難以置信的表情。

詹祐儒就站在教室深處，一堆系學會的女性幹部，全部圍在他身邊，每個都是淚流滿面。只見詹祐儒捧著花，不停地安慰這些人。那些哭聲，就是那些女性幹部發出來的。

這到底是在演哪齣？

完全不知道發生什麼事情的曉潔，一臉狐疑地掃視了一下系學會。

其他男性幹部雖然不至於淚流滿面，不過每個人都是一臉哀傷、沉重，喔，不，曉潔也看到了，有幾個男性幹部也是淚眼汪汪，甚至偷偷拭淚。

從這情況看起來，該不會詹祐儒得了什麼不治之症吧？

正當曉潔這麼想的時候，她發現了一個人跟其他人完全不同，有著強烈的對比。在一片淚眼汪汪的人群之中，一對白眼就這樣特別醒目。

白眼的人曉潔熟得很，是她在這所大學裡面最好的同學，亞嵐，只見她一個人站在那裡白眼，有種眾人皆醉我獨醒的感覺。

「別這麼難過了，」詹祐儒對自己的女性鐵粉說：「我還是會常常來系學會看妳們啊。」

聽到詹祐儒這麼說，加上手上的那捧花，曉潔大概猜到了這是什麼情況了。

由於這學期即將結束，身為系學會會長的詹祐儒，也需要卸任，把棒子交給下一屆會長，因此才會有這場像是歡送會一樣的場面。

可是……這也太誇張了吧！

是有沒有必要像是職業孝子一樣，哭成這樣。

可想而知的是，不管是曉潔還是亞嵐，可沒有那麼情緒化，不，應該說，兩人對於詹祐儒退位這件事情，還真是一點感覺都沒有。

因此看到這些女性幹部們個個都哭成淚人兒，男性臉上也寫滿了不捨，就讓曉潔覺得有種「來人啊！給我來條繩索讓我上吊吧！」的感覺。

這時詹祐儒看到曉潔來了，精神立刻為之一振，煽動般地對著圍著她的女粉絲們說：「我也捨不得妳們啊！」

這一喊又讓原本好不容易情緒逐漸穩定下來的女性幹部們，又開始嚎啕大哭了。看到這景象，讓曉潔跟亞嵐不約而同把黑色的眼珠子滾到了後腦勺。

如果白眼真的可以像漫畫那樣有攻擊力的話，恐怕這時的詹祐儒已經被兩人強大的白眼攻勢射趴在牆上了。

當然曉潔來這裡，不是為了看這一齣系學會會長的十八相送會，而是有事情希望詹祐儒可以幫忙一下。

偏偏這哀戚的場面，讓曉潔也不好意思把身為主角的詹祐儒拉走。

只能咬牙切齒，盡可能地跟這群人保持著一定的距離，跟著亞嵐兩人站在房間的角落，靜靜地等這場荒誕的歡送會結束。

好不容易等到告一段落，曉潔立刻把自己此行的目的告訴詹祐儒。

「啊？」詹祐儒立刻一臉厭惡：「還來啊？拜託，人家都不理會我們了。」

「不一樣，」曉潔皺著眉頭說：

「這一次是真的需要他幫忙，所以才拜託你問問看，不然如果你不想問，也可以把她的 LINE 給我，讓我去問好了。」

聽到曉潔這麼說，詹祐儒立刻毫不猶豫地說：「不用，包在我身上，我今天回家就幫妳問。」

當然，詹祐儒都這麼說了，曉潔也沒有什麼意見，跟亞嵐一起離開了系學會，然後踏上回家的路。

當晚，在洗完澡之後，曉潔就接到了詹祐儒的電話。

「那個我已經跟米古魯兔聯絡了。」詹祐儒說，語氣顯得有點沉重。

「喔？結果呢？」

「非常不好，我被她整整罵了一個小時。」

「啊？被她罵？」

「我是不知道你們之間發生什麼事情，不過米古魯兔說妳耍賤招，害得鍾家續又被關起來了。」

「啊？」

「我還聽說……妳跑去人家家裡？」

「……是。」

聽到這裡，曉潔也知道大概發生什麼事情了，看樣子曉潔最不希望發生的事情，終究還是發生了。鍾齊德又把鍾家續關起來了。

「學妹，不是學長要說妳，」電話那一頭的詹祐儒，語重心長地說：「不過妳真的要小心，不能隨便去別的男人家裡，妳要知道，不是每個人都跟我一樣表裡一致……」

當然詹祐儒接下來的話，曉潔幾乎完全沒有在聽。

簡單來說，曉潔拜託詹祐儒去找鍾家續，結果米古魯兔把詹祐儒教訓了一頓，而詹祐儒則為了曉潔去鍾家的事情，傷透了心。

不過曉潔現在完全沒有心思應付詹祐儒，下學期即將要畫下句點。

雖然說鍾家續的問題，確實讓曉潔感覺到有點難受，畢竟如果真的因為自己而害鍾家續又不能出門，絕對不是曉潔的本意。

但是凡事都有輕重緩急，鍾家續家裡的事情，或許可以等到暑假，看有沒有辦法好好處理一下，相比之下，宿舍五樓的問題，已經不能再拖了。

最後經過衡量，曉潔決定就算鍾家續不能幫忙，自己也得要處理看看才行。

所以曉潔第二天找上了教官，把自己的決定告訴教官。兩人經過討論之後決定，在開始放暑假之後，就立刻開始進行。

所以教官貼出了公告，表示宿舍的四樓，準備在今年暑假整修，要所有學生淨空的公告。

這當然是為了讓曉潔有更多的空間可以處理這件事情，當然也是為了減少一些不必要的是非與風險，所做出來的決定。

不管怎麼樣，期末考完之後，曉潔都已經做好了準備，要面對那個當年被阿吉封印在宿舍五樓的惡靈了。

2

——期末考前的週末。

為了準備下個禮拜的期末考，原本每週都有的練習跟傳授口訣，都暫時休息一個禮拜。

畢竟有了先前的經驗，讓亞嵐知道自己的腦袋有限，真的沒辦法既學口訣又準備考試，所以這一次乖乖待在家裡準備期末考。

拜記憶力跟習慣性的正常作息所賜，雖然不需要像亞嵐那樣，綁上頭巾堆起書本那樣拚命準備，不過也確實把複習學業的時程排進自己每天練習的課程表裡。

晚上吃完晚餐之後，曉潔照著課程表複習了一下學校的課業，等到差不多告一段落之後，曉潔打算去洗個澡，然後上床睡覺。

回房準備洗澡的時候，曉潔還在考慮明天早上原本應該預定是練習戲偶的時間，要不要乾脆取消，讓自己可以難得睡飽一點。

就在這個時候，一個身影出現在緊閉的么洞八廟廟門前。

那身影看著眼前的柵欄，看了一下周遭，確定沒有人之後，攀上了柵欄，進到廟裡。

那個越過柵欄的身影，朝著正殿走去，然後在正殿前面的廣場停了下來。

身影靜靜地佇立在那裡，等了一會之後，深呼吸一口氣，然後大聲地叫了出來。

「葉曉潔！」

在寧靜的夜裡，那聲音立刻傳遍廟宇的每一個角落。

沒一會，何嬤跟阿賀兩人都跑了出來，一個人拿著掃把，另外一個人拿著拖把，出現在二樓及三樓的走廊上，想看看到底是誰，都已經晚上了還在廟裡鬼叫、閒晃。

當然這個聲音也傳到了曉潔耳中，原本打算去洗澡的曉潔，也立刻衝了出來。

雖然距離有點遠，不過光聽聲音跟那身影的模樣，曉潔立刻知道來者何人。

來的人不是別人，正是這個學期一直不見人影的鍾家續。

曉潔立刻下樓，跟何嬤、阿賀說了一下，並且要他們回房，不管發生什麼事情都不用管。因為從鍾家續上門的模樣，很顯然只有一個原因，那就是自己的謊言很有可能已經被揭穿了。

讓何嬡跟阿賀回房之後，曉潔內疚地跑到樓下。她不知道鍾家續是如何知道自己住在這間廟裡，也不知道鍾家續知不知道這座廟就是他父親的仇人呂偉道長一手建立的廟。不過她打算，趁著這個機會，好好跟鍾家續解釋一下，不管鍾家續到底知不知道自己的謊言。

下到一樓，來到了正殿前面的廣場，鍾家續就站在那裡。

從鍾家續臉上冰冷的表情，曉潔也猜到了，他終究還是知道了。

「么洞八廟？」鍾家續咬牙切齒地說。

曉潔無言地點了點頭。

「為什麼？」

「真的對不起，」曉潔皺著眉頭：「在那種情況之下，我一時……該怎麼說，就很自然……不，應該說是實在很難開口，承認自己就是……」

雖然想要好好解釋，不過曉潔面對這突如其來的情況，還是沒想好自己該怎麼解釋。

「所以就騙了我跟我爸？」

「我真的沒有要騙你的意思，」曉潔說：「我有想過，在那之後找機會好好跟你說一下，不過在那之後，你的 LINE 就——」

「夠了！」鍾家續打斷曉潔：「我來不是要聽妳解釋，我只會給別人一次機會，妳能騙我一次，但是只要被我發現，我不會再相信妳，所以妳不用白費唇舌。我來只是要告訴妳，不要再騷擾我的朋友，也不要再試圖跟我聯絡，還有妳那什麼和平的意見，我不會再上當了，以後妳要是再出現在我面前，妳對我來說，就是充滿敵意的本家，如此而已。」

「真的有需要這樣嗎？」曉潔沉著臉：「就因為我沒有當下承認自己就是呂偉道長的徒孫？」

「還需要有其他理由嗎？」鍾家續一臉不以為然：「這就是妳擅長的吧？一直口口聲聲說什麼不想要勝負，希望可以和平什麼的，其實就是想讓我混亂，只是不想公公正正跟我對決吧？」

「……並不是這樣。」曉潔一臉無奈。

「喔？」鍾家續挑眉，「又是一個謊言？」

「啊？」

「好啊，」鍾家續挽起袖子：「妳願意公公正正，那就來吧！」

「啊？」

「我們也不需要簽什麼生死狀了，」鍾家續說：「只要妳贏了，我就永遠避著妳，我贏了，妳就給我消失，永遠不要出現在我的面前。」

「我說過了——」

「隨便妳怎麼說，」鍾家續粗魯地打斷曉潔：「我今天就要在這裡打倒妳，就在這間呂偉那爛人一手建立的廟前面。」

「你瘋了嗎？」曉潔真的無奈到了極點：「真的聽不懂人話嗎？我說了，我不想跟你打，關於說謊的事情，我也道歉了，我是真的很對不起……」

「省省吧，」鍾家續一臉不屑：「我不會再被妳騙了，好啊，如果妳要道歉，或者說什麼和平的屁話，就跟我一決勝負，打得贏我再說這些廢話吧。」

鍾家續說完，手一舉，擺出的正是逆魁星七式的起手式。

「如果我不動手呢？」曉潔冷冷地問。

「我也會毫不客氣地打倒妳！」

說完之後，鍾家續真的一招魁星七式，就朝曉潔攻了過來。

雖然有點歉意，雖然真的不想分什麼勝負，但是曉潔也真的不願意站在原地讓人打。因此看到了鍾家續上來，曉潔也立刻反射性地用出了魁星七式，擋住並閃開了鍾家續的進攻。

眼看曉潔終究還是抵抗了，鍾家續嘴角也浮現出一抹不以為然的笑容，繼續向前進攻。

兩人立刻交起手來，只是鍾家續這邊一味地在進攻，曉潔這邊一味地在防守。

一開始曉潔真的是滿懷歉意，真的沒想到一個沒辦法說的實話，不得已才說的謊，竟然會演變成這樣。

然而最嚴重的問題是，就算再給曉潔一次機會，她也不見得可以說得出實話。畢竟這樣的實話，在那種情況之下，不如不說，對，或許鍾齊德再問一次，在不想說謊的狀況之下，曉潔會說：「不想告訴你。」

不過謊言就是謊言，這點曉潔也不會否認，所以不管怎樣，曉潔還是覺得有些歉意與內疚。

但是，看到鍾家續這種感覺就像無賴一樣，一定要分什麼勝負，一定要打到底的感覺，也真的讓曉潔火了。

自己這邊帶著滿滿的誠意去見鍾家續的父親，也帶著滿滿的誠意希望雙方不要繼續仇恨下去，但是換來的卻是這樣的結果。

人可以忍，人可以退，但是絕對不是無限上綱。

難不成學校的老師是小偷，過去偷過人家的東西，所有學生都得跟被害者道歉嗎？一輩子都被被害者欺壓嗎？

夠了！

面對鍾家續一直不斷地猛攻，曉潔的眼神一變，也認真了起來。

要打是吧？那就打吧！

在向後退一步，躲開鍾家續攻擊的同時，曉潔身體的重心向後一沉，整個人站穩之後，不再採取守勢，魁星七式的攻勢在曉潔的手上展現開來，為曉潔表達自己不會甘願無止境的容忍發聲。

眼看曉潔不再消極地防守，更重要的是眼神也不再顯得無辜，鍾家續也知道曉潔認真了，上一次在地下街，雖然自己有所顧忌，但是終究還是輸了一次，這一次鍾家續不會重蹈覆轍，因此也立刻卯足全力上。

不管是鍾家續還是曉潔，兩人在拳腳方面，知道的都只有這一套魁星七式與逆魁星七式，所以用的全都是這兩套拳的招式。

然而不管是充滿必勝決心的鍾家續，還是現在怒氣也上來的曉潔，都不想要真的傷害對方，因此招式用得都非常保守，不會輕易冒險，甚至走險徑。

這樣的結果，導致雙方看起來就好像在練拳的師兄妹一樣，雖然有來有往，不過這樣的交手，確實少了一點殺氣，甚至比起兩人當時在地下街惡鬥的時候還不如，當時由於曉潔中惑，因此雙方之間的交手可是比這還要激烈。

不過這樣像是練習般的對打，也是可以分得出勝負的，比的大概就是誰體力先不支，或者是招式不夠熟練之類的。

這點不管是曉潔還是鍾家續都有了這個層面的認知，兩人確實對魁星七式都很熟了，尤其是鍾家續，從小練到現在也差不多練了十幾年了，真是連作噩夢都會用魁星七式在夢裡面跟鬼魂對打了。所以如果真的這樣比下去，曉潔知道自己的體力跟熟悉度，肯定都不如鍾家續。

可是也不知道該如何「改變」現狀……等等，會不會只要「改變」一下，就可以徹底扭轉這樣的局面？

曉潔心中這麼想著，於是讓原本應該踏出去的腳，反而向後一縮，接著原本應該直接向前打出去的手，也故意朝旁邊揮一下，然後才打出去。

這樣的小改變，立刻讓兩人之間有了很大的變化。

對曉潔來說，這不算太難，就好像把伸出去的手縮回來那麼簡單，畢竟從曉潔開始練習魁星七式，至今也不過兩年而已。

雖然非常熟練，已經到了實戰都可以簡單使用出來的程度，不過跟那種從小就學到大，就算不是實戰，也會有種習慣成自然的鍾家續來說，這種改變是很難適應的。

因為對鍾家續來說，這一招一式，就好像深深烙印在骨子裡一樣。雖然兩人的招式，剛好左右相反，就好像照鏡子一樣，不過整體來說都是一樣的，現在曉潔這一變，真的徹底讓鍾家續措手不及。

不過就是一點小小的變化，就可以打亂鍾家續整個節奏，也完全是因為鍾家續經驗不足的關係。

如果這種小改變，用在阿吉這種實戰經驗豐富的人身上，曉潔說不定一下就被抓到破綻，被阿吉狠狠地擊倒，畢竟這些都是多餘的步驟。但是對鍾家續來說，抓不到這樣的破綻，更抓不到曉潔的節奏，一來一往的狀況之下，瞬間變成了鍾家續這邊曉潔很熟悉，但是曉潔這邊鍾家續卻完全摸不著頭緒的狀況。

結果就因為多了一些小步驟，讓鍾家續整個大亂，甚至好幾次都差點被曉潔打到。驚險躲過的鍾家續，真的是怒火中燒。

這什麼爛招啊！妳會我不會啊？

不過就是突然多擺一下手，或者朝旁邊多踏一步，是能有多難？

決定跟曉潔一樣，也來個打亂節奏大作戰的鍾家續，朝曉潔攻過去，接著依樣畫葫蘆，準備也來個多踩一腳戰法。

只是鍾家續想不到的是，這個決定造就出一個兩人連想都沒有想到的悲劇。

鍾家續學曉潔一樣，在每個招式中隨機加上一些多餘的動作，希望可以達成跟曉潔一樣打亂對方的效果，誰知道一開始幾下還可以，接連幾個動作之後，招式一打順，腦袋想的跟身體所做的動作瞬間不同，結果還沒打亂曉潔的節奏，自己反而先亂成一團。動作變得怪異不說，甚至還重心不穩，破綻百出。

曉潔這邊還沒受到影響，鍾家續卻自亂陣腳，然而曉潔根本不可能預先知道，鍾家續會想要學自己，因此在鍾家續重心不穩的同時，一招魁星七式就朝鍾家續的臉上打過去。

這一掌揮過來，鍾家續知道自己躲不掉，被打中這一下，肯定會落敗，因此雙腳一踏，取回重心的同時，內心一慌，逆魁星七式中最具殺傷力的一招旋即揮之而出。

這招一出完全打破了剛剛和諧的對打，從單純點到為止的比武瞬間變成生死一搏。

曉潔這一手就算打中了鍾家續，最多就是打到鼻子流鼻血而已，但是鍾家續這一掌，用足了力道，絕對不是流個鼻血就可以了事的。

這完全是因為一來鍾家續心慌，二來自己已經被逼急了，所以這一下帶著極大的殺傷力。

先前沒有用，就是因為鍾家續並不打算傷害曉潔的性命，畢竟雙方的恩怨真的沒有那麼深。

相對地，曉潔也是同樣的想法，雙方的攻防才會這麼像是兩人在練拳一樣，甚至像套招，完全沒用到魁星七式裡面那些比較兇狠，甚至到了搏命的招式。

所以鍾家續的這一下完全出乎意料之外，曉潔看到也來不及防備，胸口就被鍾家續的這一掌打到。

打到的同時，不只有曉潔嚇到，就連鍾家續也嚇到。

由於這一掌鍾家續用足了力道，因此曉潔被擊退了兩步。

雖然事出突然，在被打到的同時，曉潔出乎本能性地向後退，多少化解掉一些力道，不過鬼王派在使用逆魁星七式的時候，本身就會含有一種法力般的後勁，這後勁會直擊體內的器官，有點像是功夫小說裡面的隔山打牛一樣，功力強大的人，甚至可以讓人從體內向外爆開來，就好像體內有炸彈向外炸一樣。

但是鍾家續還沒有這般氣候，所以所有逆魁星七式的四十九招裡面，只有用這招的時候，才會產生這樣的效果，雖然說效果不足以讓任何人的內臟爆開來，不過力道還是可以讓人受到內傷，至少痛楚是絕對不能避免的。

被這一下打中的曉潔，又驚又怒，除了胸口感覺到疼痛之外，退了兩步停下來的同時，體內突然感覺有種詭異的感覺，就好像那一掌直接打中了自己的氣管一樣，非常不舒服，而且還有一股力道，彷彿卡在自己的體內。

曉潔隨即知道發生什麼事情了，立刻胸部向後一縮，並且用手壓住了自己的胸口。

一般人感受到這樣的感覺，都會立刻反應性的向前挺胸想要抗拒這樣的力道，但是這種作用力與反作用力，反而會讓體內的那股力道更強大。

因此正確的方法，正如曉潔現在所用的辦法一樣，身軀向內縮，並且用手從前面按住胸口。只是這並不是被打到的時候，一般人會做出來的反射性反應，所以才會讓鬼王派的逆魁星七式變得十分強大。但是如果知道化解的辦法，就可以減低相當大的傷害。

就像當年在J女中決戰的時候，阿吉被阿畢打到的時候，也是靠這一招，避免力道的後勁，在體內造成傷害。

這種簡單好用的方法，是陳伯教阿吉的，當然這些也傳承到了曉潔身上。

先前跟鍾家續交手的時候，曉潔就想到這一點，不過因為接連幾次下來，鍾家續似乎都沒有產生過這種後勁，因此曉潔就逐漸沒有防備。幸好現在突然遇到，她還來得及化解。

不過想不到鍾家續竟然會突然下這麼重的手，曉潔化解了那股力道之後，抬起頭來狠狠地瞪著鍾家續。

然而，另外一邊的鍾家續卻愣住了，完全沒有要繼續打下去的樣子。

畢竟這招，被鍾家續視為最強的絕招，就是因為殺傷力比起其他招式來說，還要來得大。

想不到現在意外用出來了，結果被曉潔完全化解，沒有受到預期的傷害。

這讓鍾家續完全喪失了鬥志，只見鍾家續慘然一笑，緩緩地搖搖頭說：「我輸了。」

這一句我輸了，其實代表著鍾家續不只是輸了拳腳與功夫，更是輸了內心。

因為剛剛在打中曉潔的時候，鍾家續心中的懊悔與痛苦，讓他明白了，自己終究下不了手。

這一整個學期，並不是鍾齊德不讓鍾家續出門，而是鍾家續自己不願意出門。

他想要打倒曉潔，他想要讓曉潔知道欺騙自己的代價，不過同時，他也知道，如果自己一直在出門試煉的時候，不斷與曉潔等人相遇，自己只會更加難以下得了手。

雖然在拳腳功夫方面，鍾家續沒有懷疑過自己會輸。這段時間的練習，說穿了都只是希望自己可以更加熟練，有更多的實戰經驗，希望自己未來如果與曉潔對決的時候，自己不會遲疑，更不會有所猶豫。所以與其說是練習這些招式，不如說是想要鍛鍊自己的內心。

不過今天的交手，讓鍾家續知道，自己是輸得徹底了。

太過於熟練讓他在兩人對壘的時候，變得無法變通，被人抓得死死的，一想要改變就成了四不像，過於熟練逆魁星七式反而為自己種下了敗因。

而隨之而來的意外，更讓自己了解到，到頭來不管如何磨練自己的心，始終都是外強中乾，真正打到曉潔的那一刻，知道曉潔可能受到重傷的那一刻，內心動搖的程度，遠遠超過自己的想像。

那個瞬間浮現的悔恨與內疚，更讓他知道自己的內心早在對決之前就已經輸了。

而最後曉潔露的那一手，更是擊垮鍾家續的最後一根稻草。

因為打從一開始就認為自己不可能會輸，就是因為有這最後的一手，如果連這一手都沒有辦法傷害到曉潔，自己那個不可能輸的城牆，也隨之坍塌。

鍾家續知道，自己真的徹底地輸了，不只輸給曉潔，更輸給完全不了解自己的心。

當然，看到鍾家續終於冷靜下來，甚至承認自己的敗北，對曉潔來說，是最好的結果。

不過剛剛那一掌還是讓曉潔感覺餘悸猶存，沉下來的臉仍然狠狠地瞪著鍾家續。

雖然不是直擊胸部，但是被人用手掌推到了胸口，還是讓曉潔覺得有點被侵犯了。

因此即便現在鍾家續認輸了，但是曉潔的臉還是顯得不悅。

「我早就說過了，」曉潔冷冷地說：「我從來沒想過要分高低，更沒想過要像這樣拚個你死我活。」

「……對不起。」這是鍾家續唯一能說的：「妳贏了，以後我會躲妳躲得遠遠的，永遠不會出現在妳面前。」

「我沒有這個意思啊，」曉潔搖搖頭說：「你……」

看到鍾家續這模樣，曉潔真的無奈到了極點，連話都快要說不出來了，深呼吸幾口氣，調整一下情緒。

「我說過了，」曉潔說：「我這學期一直想要聯絡你，是真的很希望你可以幫忙處理我學校的那件事情，因為我真的不知道還有任何人可以幫我，所以絕對不是要騷擾你，如果你覺得困擾，我不會再找你，如果不是你曾經答應過我，我也覺得你是個守信的人，我不會這樣強迫你。事實上，就算你現在不想幫，我也可以理解。」

鍾家續低頭不語。

「這段時間，」曉潔說：「我也一直試著打聽，呂偉道長到底是個怎麼樣的人，但是我真的不知道。我連他的人都沒有見過，只有聽人家說過。對我來說，他就好像傳說一樣，所有的一切都是別人說的。」

鍾家續聽了，抬起頭來似乎要說什麼，不過最後還是沒有開口。

「當然，」曉潔無奈地說：「我也相信，你們不是騙我的。至於當年到底是什麼情況，我根本就一無所知。所以我只能說，過去的就讓它過去吧，真的不行嗎？現在呂偉道長也已經過世了，我沒辦法改變這個事實，如果今天他還活著，我或許還可以直接問他，為什麼要對你父親做出這樣的事情，甚至如果真的是呂偉道長的錯的話，我還有辦法跟他爭執，但是現在我沒有辦法。」

當然，這些鍾家續都知道，不過就是被欺騙的時候，那種不甘心與怒火，遮蔽住他的思緒。

「這座廟，」曉潔用手比了比後面的房子說：「是我師父交給我的，我必須守護它。當初我繼承這座廟的時候，根本沒有被詢問過，就好像你身上流著的血一樣，有很多事情，我們沒有得選擇，不是嗎？」

這點鍾家續肯定體會非常深，畢竟曾幾何時，他也痛恨過自己體內流的血，逼得他過著不見天日的生活。

「如果你要繼續恨，」曉潔無奈地揮揮手說：「那就恨吧，我會離你遠遠的。我們可以老死不相往來，但是不需要互相傷害。但是如果你願意放下仇恨，我也保證我會把你當成朋友那樣，不會再騙你。」

鍾家續低下頭，不發一語。

而此刻的曉潔，只有滿滿地無奈感，打從知道鍾馗派到今天為止，也不過短短兩三年，但是現在卻被迫扛下這幾百年的恩恩怨怨。

「那個封印已經撐不住了，」曉潔淡淡地說：「所以下禮拜期末考完，暑假開始之後，我就得動手了。把封印解開，然後看能不能解決，如果不能，就看看能不能再重新把他封印起來。如果你願意幫忙，我會很感激你，不過如果你不願意，我也不會怪你。至少，我不會再打擾你了。」

鍾家續沉默了一會，搖搖頭說：「我……需要，想一下。」

曉潔點了點頭。

然後鍾家續轉身，朝著大門走了出去。

看著鍾家續的背影，曉潔知道鍾家續說錯了，他告訴自己他輸了，但是這一場比試，沒有贏家，雙方……都是輸家。

3

一個禮拜後。

期末考結束，暑假正式開始，這也等同於宣布，大一新鮮人的旅程，在這一天畫下了句點。

在暑假開始之前，教官便已貼出公告，讓宿舍在暑假開始後，就進入淨空的狀態。

而曉潔的工作，也會在明天正式展開，只是一直到現在為止，曉潔還是不知道那個被封印的對手是什麼樣的惡靈。

已經用盡一切的辦法，但是情況就好像在梭哈的牌桌上，對手那張蓋著的牌沒打開之前，即便用盡各種可能的推論、猜測，也沒辦法知道真相。

畢竟，這就是封印的意義，除非當初封印的人，有留下紙條說：「哈囉！這裡面被我封印了怎麼樣的兇靈！」不然在封印的狀況之下，沒有人可以知道裡面到底是什麼樣的一個靈體。

面對這幾乎可以說是完全未知的情況，曉潔內心自然十分不安。

雖說已經經歷了那麼多，不但目睹了鬼魂的存在，更親眼見到神明下凡，不過卻沒有什麼真正的信仰。

這裡所謂的信仰，簡單來說，就是遇到沒辦法解決的事情，可以有個禱告、祭拜的對象。這點就連曉潔自己都覺得不可思議。

這或許多少與曉潔從小到大的家教有關，由於出生在信奉天主教的家庭，因此從小就看著雙親禱告，不過雙親的信仰方式跟普遍的台灣民間習俗不太一樣，總是有求於神明才會進廟裡求神拜佛。平常的禱告，大多都是世界和平，不然頂多就是全家身體健康，平安喜樂這一種，不太會為了私慾而禱告。因此也讓曉潔自然而然養成這樣的想法。

尤其是親眼看到了鬼神之後，我們人連一點小事都不好意思打擾鄰居，為了自己的一點小困擾，就驚動神明，絕對不是一件可行的事。

至少，這是曉潔個人的觀點。

因此即便明天一切的答案就會揭曉，曉潔也不會想要去拜一拜，希望封印的那個鬼魂不會太難纏。畢竟曉潔相信神明不會特別下凡，把封印解開，然後為了自己把裡面的鬼魂換一個簡單一點的，以實現自己的禱告。

那個封印的鬼魂早在多年前就已經注定了，不會因為多餘的禱告而有所改變。

不過面對這一晚的不安，曉潔只想到一個人，就是那個為她打開這一扇門的男人——阿吉。

曉潔來到了那間位於呂偉道長生命紀念館後面的小房間裡。

看著阿吉的照片，以及那副擺在桌上的黑色鏡框眼鏡，曉潔心中有種不可思議的感覺。

或許是宿命，也或許是一切都是安排好的路，如果不是阿吉，自己也絕對不會來到現在這裡，不會學這些口訣，更不會遇到這些事情。

曾幾何時，曉潔也想過，如果不是高二那段時光，現在的自己跟平凡的大學生一樣，整天修那些大學生應該修的學分，過著快樂的生活，會不會比較好。

不過她也知道，不相信、看不到，不代表不存在，或許這樣的開心生活，有天一旦遇到了，比起現在來說，可能更是無力還擊。

不過這不就是人生嗎？

隨遇而安，大概就是這樣吧。

雖然不知道為什麼當年的阿吉選擇跟呂偉道長在殯儀館的時候差不多，都是用封印的方法來處理。

不過一切就像是綜藝節目，揭曉最後的答案一樣，只要明天將陣解開，就會得知最後的答案了。

只是擔心最後這個答案，不是自己應付得來的，所以才會感覺到不安。

這讓曉潔想起了當年的J女中決戰，當年阿吉的心情是不是跟自己一樣呢？

曉潔記得很清楚，在J女中決戰時，是阿吉第一次知道，幾乎所有鍾馗派，也就是那些他尊稱為師叔、師伯的長輩們，全都參加了那次的計畫，聯手要對付阿吉。

不知道在那之前，阿吉有想到過嗎？

不，沒有人可以想得到，畢竟那些人過去是如此尊敬呂偉道長，至少在表面上是這樣。

真的想不到，一個人的威名竟然在人世間短短不到幾年就消失殆盡。

明明先前一堆人前來瞻仰，每個人對呂偉道長讚不絕口，就連他過去的一切都好像傳奇故事那樣，只差沒有來個天橋底下說書的，全年無休照三餐宣傳……

然而，這些傳奇故事，真實性又有多少呢？

曉潔想到了鍾齊德。

一直到現在，曉潔還是不敢相信，呂偉道長會做出這樣的事情，會傷害一個人到這種地步。

曉潔甚至想過，會不會根本就不是呂偉道長所為，而是有人「假借」他的名義來做壞事。

當然，如果是這樣的話，那麼一切似乎比較合情合理。

不過認為呂偉道長不會做出這樣的事情，會不會是因為自己根本就不認識呂偉道長，只是從阿吉身上感受到呂偉道長的偉大，但是實際上卻完全不是這麼一回事呢？

會不會……就連阿吉也不是很了解自己的師父呢？

如果光從年齡來推斷，鍾齊德看起來似乎五、六十歲，換句話說，雙方的衝突發生在二、三十年前，那時候阿吉肯定不在呂偉道長的門下，甚至出生了沒都還不知道，因此阿吉肯定不知道這件事情。

當然，這是假設呂偉道長沒有告訴阿吉，不過不管怎麼說，阿吉對這件事情的了解，最多也不過就是聽來的，不可能是親眼所見。

因此就算阿吉還在，也聽過呂偉道長說過當年的事情，如果雙方有所出入，恐怕也只會陷入公說公有理、婆說婆有理的羅生門狀況。

不過這些，完全不是曉潔現在該考慮的事情。

對曉潔來說，最重要的還是明天的事情。

如果沒有辦法處理好，說不定自己再也回不來了，就好像阿吉那樣……

看著阿吉的照片，曉潔深深地嘆了口氣。

即便過了兩年，看著阿吉心中還是會覺得又悶又痛。

如果可以的話，她真的很希望可以再見阿吉一面。

可惜的是，口訣包羅萬象，卻沒有觀落陰。

因此這個願望，可能永遠都沒有實現的一天。

看著阿吉的照片與那副眼鏡，曉潔心中有了這樣的覺悟。

阿吉真的走得太突然，自己連好好跟他告別的機會都沒有。

腦海裡面浮現的，是當年J女中決鬥時的那一幕。

阿吉打倒了阿畢，望向自己的那一幕，那就是兩人的最後一面。

現在想起來，真的太倉卒了。

擦去臉上不自覺流下的淚水，曉潔知道自己今晚來到這個房間，並不是單純只是來懷念阿吉的。

曉潔轉過頭去，看著那個擺在角落的箱子。

為了可能出現的任何強敵，曉潔知道自己有必要做萬全的準備，至少這一次，不能像過去三人組出去一樣，只帶一些簡單、通用的東西。

畢竟對方可是連阿吉都沒有辦法完全解決的惡靈，不管是哪一種靈體，應該都有很強大的實力，因此絕對需要做出最萬全的準備，所有可以用到的法器，都應該想辦法帶齊。

所以曉潔在這幾天，已經把這些可能會用到的法器，分批帶到學校了。

不過一直到現在，她還是缺少一個最重要的東西，這是每個鍾馗派的道士都需要的東西。

那就是鍾馗戲偶。

比起其他法器來說，鍾馗戲偶對一個鍾馗派道士的重要性，可能遠比任何法器都還要來得重要。

不過因為曉潔沒有本命，么洞八廟裡面，實在也沒有多少真正可以使用的戲偶。

因此在幾經考量之後，曉潔還是決定帶著阿吉的刀疤鍾馗。

本命其實說穿了，最大的差別就在於請不請得到祖師分神上戲偶，這也正是這尊刀疤鍾馗最特殊的地方。

由於本身是國寶級大師打造出的戲偶，加上又是宛如干將、莫邪般用生命鑄造出來的，所以刀疤鍾馗本身靈力就已經不是一般戲偶所能望其項背的程度。加上這些年來，在阿吉的手底下發揮，請祖師上身的機會比其他戲偶還要來得多，因此即便是當年的曉潔，光是做做樣子，也能夠請得起祖師。

因此在沒有真正的本命鍾馗戲偶的情況之下，刀疤鍾馗絕對是最正確的選擇。

更重要的是，曉潔也沒有其他選擇了。

由於鍾馗四寶過於珍貴，所以曉潔並不打算帶著鍾馗四寶，畢竟雖然說鍾馗四寶有著強大的威力，不過終究是法器，不至於到完全不可取代的地步。

然而刀疤鍾馗就不一樣了，如果想要請到祖師上戲偶身，整間廟裡面，可能只有這尊鍾馗戲偶有可能做得到。

就是這個不可替代的性質，讓曉潔即便不是很安心，還是需要帶著它。

因此曉潔走到了角落，將箱子抱起來，然後回頭看了一眼阿吉的照片之後，退出了房外。

明天，一切的答案終將揭曉。

第7章・謎底揭曉

1

這一個學期，鍾家續幾乎每隔一天就會在家裡跟自己的父親練習。

雖然沒有多說什麼，但是鍾家續的心中，確實曾經憤恨地想要打倒曉潔。

不為了什麼，只為了欺騙自己這件事情。

鍾家續並沒有那麼容易相信一個人，畢竟從小到大的教育，就是不能輕易相信任何人。

至少，這是鬼王派為了自保不得不採取的人生態度，更何況對方是本家的傳人，心理防衛更是比其他人多上不知道多少層。

一旦少了對人的警戒，那麼隨時都有可能被本家的人知道自己的行蹤，尤其是「無人繼，不出門；出門便是一般人」的家訓，更是徹底貫徹這樣的想法最直接的方針。

其實這樣的家訓多少也包含了一些冷血的成分在，意思就是說「不管是誰，遭遇了什麼樣的困難，都不准出手。」

即便冷血面對人生，也不能相信任何人。

而在這種情況之下，面對曉潔接二連三表達希望雙方和平共處的想法，加上這幾個月從旁觀察的結果，才讓鍾家續慢慢卸下心防，逐漸相信曉潔說的話是真的。

想不到，這樣的結果竟然換來的是被人狠狠地欺騙。

這讓鍾家續感覺無地自容，甚至覺得自己像個白癡一樣。

正是這樣的感覺，讓鍾家續想要打倒曉潔，不見得想要傷害曉潔，但是就是要讓她知道，欺騙自己所必須付出的代價。

不過除了這樣的氣憤情緒之外，其實鍾家續自己也知道，自己也有一個地方需要克服，那就是如果曉潔真的跟父親說的一樣，或者是像那些本家的道士一樣，有傷害自己跟這個家的計畫與打算，自己是不是真的也能狠得下心，對曉潔下重手。

不可否認的是，對鍾家續來說曉潔確實很有魅力，不過這倒也不單單只是鍾家續對曉潔的好感，要實際上對一個人下重手，也不是件容易的事情。

一旦到了關鍵時刻，如果有半點猶豫，很可能會讓自己身陷險境。

這也正是為什麼，鍾家續一直希望自己可以有多點練習的機會，可以多到外面去闖一闖的原因。

所以這一個學期，每天跟自己的父親對練，不只是為了打倒曉潔，更是為了強化自己的內心，讓自己可以在面對這些時刻更加堅決，讓自己可以在真正與曉潔交手的時候，不會有任何其他的雜念。

當然，昨天的交手證明了，自己的想法是對的，雖然壓抑了自己的雜念，但是最後還是敗給了自己的心。

而這場敗北，不只讓鍾家續徹底了解自己，同時也讓他冷靜了下來。

情況確實如曉潔說的一樣，或許那個謊言，真的是不得不說的一個謊。在那種情況之下，確實不管是誰都很有可能說出同樣的謊言。

而且更重要的是，曉潔真的有很多機會可以除掉自己，如果她有這樣的想法的話。然而，不管是在地下街，還是後來在么洞八廟，自己兩次都被曉潔擊倒。不管敗北的原因為何，兩次曉潔都沒有對自己痛下毒手，這也是事實。

這點鍾家續早就知道了，但還是被自己的情緒蒙蔽。

其實冷靜想一想，打從一開始，鍾家續就看得出來，曉潔跟那些傳聞中的本家道士不一樣，事後的許多情況也都證明了這一點。

除此之外，這場敗北，也讓鍾家續更了解自己。

鍾家續曾經以為，自己也跟自己家的傳統道士們不一樣。

不過到頭來終究還是輸給了所謂的傳統與刻板印象，就只因為曉潔說了個謊，加上又是那個呂偉的徒孫，就認定了曉潔一定是惡意的欺騙。

自己又和那些本家或一些自己家的道士，有什麼分別呢？

這讓鍾家續感覺到對自己有點失望。

或許該把一切導回正途了，相信自己的判斷，也相信自己的觀察。

多年來，鍾家續一直埋怨這個家與身上流著的血統，不讓他走自己的路，但是到頭來，自己才是真的不敢向前踏出一步的人。

至於實際上該怎麼做，其實鍾家續也非常清楚。

就從幫助曉潔處理他們學校宿舍這件事情開始……

尤其是鍾家續非常清楚，那個被取出來的血染鍾馗戲偶，應該就是他父親，鍾齊德的本命。

在當年的叛徒事件之中，鍾齊德正好是大學生，而且就是就讀C大的學生，這點鍾家續非常清楚。

這些年來，鍾齊德一直沒有本命戲偶，這點鍾家續也非常清楚。

對一個鬼王派的道士來說，本命可能比性命還珍貴。這是因為鬼王派的力量，很多是源自於這個血染戲偶。血祭戲偶的這個儀式，不單單只是象徵性的意義，而是有它實際上的目的。

對鬼王派的道士來說，血染戲偶有很多意義，其中一個最重要的意義就是血染戲偶跟道士的法壇一樣，提供道士類似法力一樣的力量，讓他們可以發揮出許多恐怖的威力。這也正是為什麼，在與鬼王派的人對壘的時候，很多人會想辦法先破壞戲偶的原因。

而鬼王派在戲偶的用心，在戲偶的改良上，也看得出一些端倪。

像是過去的戲偶，在血染之後，經年累月會因為當年的血液氧化之後變黑，甚至剝落，因此會需要不止一次的血染儀式，但是後來經過許多道長的改良，會在血染儀式後，上一層特殊的塗料當作保護，耐用度提高很多，甚至終其一生都有機會不用再度舉行儀式。

類似這樣的改良，都說明了鬼王派對戲偶的重視程度。

但是，鍾齊德卻沒有本命戲偶，關於這點鍾家續曾經詢問過父親，父親的回答是在那場叛徒之戰中失去了，就跟他的一隻眼睛跟一對手腳一樣。

原本鍾家續還以為，父親說的是他帶去戰場卻沒能拿回來，被呂偉破壞或取走。現在聽曉潔講才知道原來是放在學校，一直沒有去拿回來。

當然在那場戰鬥之後，父親因為重傷，花了好幾年的時間，才逐漸回復行動能力，而且當年呂偉還活著，隨時都有可能會找上門，因此為了不暴露行蹤，只能一直躲著，這點鍾家續不是不能理解。

如果真的是這樣的話，那麼長年放在宿舍裡面的血染戲偶，確實很有可能引發一些問題。畢竟那個血染戲偶，本身就很容易請鬼上門，擁有的靈力更可能讓周遭的鬼魂更為活躍。所以這個血染戲偶，的確很有可能跟C大宿舍鬧鬼的事件有關。

當然當下聽到這點的時候，鍾家續並沒有告訴曉潔，畢竟這中間有沒有關聯，確實還要看過之後才知道，不過再怎麼說，應該多少也有點影響才對。

所以不只是為了自己，也當作還曉潔一次情，最後更是因為這件事情說不定真的是自己父親的血染戲偶引起的。

所以在經過一晚的沉澱之後，鍾家續終於下定決心了，不管怎樣，這一次都應該到場，去幫曉潔一次。

2

約定好的那一天，鍾家續起了個大早，開始準備自己的東西。

因為到底被封印住的是什麼樣的靈體，曉潔跟鍾家續都不知道，因此準備東西還是以平常最容易用到的法器為主。

除了那些被鍾家續收服的靈體符咒之外，最重要的當然還是鍾家續的本命鍾馗。鍾家續的本命戲偶，是在六歲的時候完成血祭的戲偶，這是鬼王派一家的習俗，傳統上，血祭的戲偶就是這個孩子一輩子都需要好好珍惜的本命。因此在規格上，那個戲偶並不適合小孩子使用，是個成年人用的戲偶。

因此一直到鍾家續長大到一定歲數之後，才有機會使用自己的本命，在這之前，都是用比較適合小孩子用的練習戲偶。

雖然鍾家續的這個本命戲偶不像刀疤鍾馗，或者是白衣鍾馗那樣，有讓人印象深刻的地方，不過對鍾家續來說，也是最重要的本命鍾馗戲偶。他小心翼翼地將鍾馗戲偶收好，希望這一次，他可以讓曉潔看看自己真正的操偶技巧。

一切準備就緒，鍾家續揹起包包，一肩扛起裝有自己本命的箱子，準備出門。走到門口，就看到父親鍾齊德跟他的輪椅，停在神明廳門外的走廊上。

「你要去哪裡？」鍾齊德冷冷地問。

「跟朋友約好……」

「朋友？」鍾齊德仰起臉，挑起自己的左眉：「怎麼你跟本家的小姑娘已經是朋友了？」

想不到鍾齊德竟然會知道自己此行的目的，讓鍾家續大為訝異，因此沒有回答。

「就因為輸了，」鍾齊德冷冷地說：「就讓你學會自暴自棄了？竟然跟本家的人稱兄道弟了起來？」

鍾家續沉下了臉，瞪著自己的父親。

是的，自己是敗了，但是即便是自己的父親，也不應該拿這件事情來羞辱自己。

「你輸，」鍾齊德不屑地說：「就是因為你決心不夠，這樣下去，你的心只會越來越軟弱。」

「為什麼爸你會知道……」沒有回應父親的話，鍾家續反而質問起鍾齊德。

這次換鍾齊德沒有回應，只是淡淡地搖搖頭說：「這不是重點吧？」

「其實，」鍾家續沉著臉說：「你一直都有在監視呂偉的廟吧？那個常常到家裡來的胡伯伯，就是來跟你報信的吧？」會這麼說，是因為鍾家續敗在曉潔手上的那一天，在家外面的路上，看到了常常來家裡拜訪的胡伯伯。

「而且我相信，」鍾家續接著說：「這個監視絕對不是最近才開始的，所以曉潔就是呂偉的徒孫，這件事情早在你跟她見面之前就知道了，不是嗎？」

「那又如何？」鍾齊德回瞪鍾家續：「難不成你要說她當著面騙我們父子倆，也是我指使的嗎？」

當然鍾家續不是這樣的意思，不過父親這樣的行為，其實也等於是變相的欺瞞。

「你大可以早點跟我說，不是嗎？」鍾家續皺著眉頭說：「不需要還讓我親眼去看吧？」

「看你這什麼態度，」鍾齊德咬著牙說：「我怎麼會知道她會說謊？我又怎麼知道你早就認識她了？你有跟我說嗎？我看啊，你早就被她迷到不知道是非對錯了吧？」

「並不是這樣。」鍾家續搖著頭說：「只是如果爸你早就跟我說了，或許……」

「或許什麼？」鍾齊德不以為然地說：「或許你就不會為了她跟我吵了嗎？」

「我沒有吵，只是就事論事。」

「就事論事？」鍾齊德提高了音調：「那你告訴我，你揹著戲偶要去哪？」

當然，到了這個時候，鍾家續也不想逃避了。

「當初我要她來家裡的時候，」鍾家續說：「就已經答應她了，會幫她處理宿舍的事情，現在我只是兌現自己的承諾。」

「你到底知不知道自己在幹嘛？」鍾齊德不悅地說：「過去的那些事情，不是你說算就可以算了，更不是那小姑娘不知道就能當沒發生過！你再睜大你的雙眼看清楚，看看我身上的傷，你難道忘記了她的師祖對我們家做過的事情嗎？」

「我沒有忘記，」鍾家續回答：「我這麼做不是為了她，只是要實現自己說過的話，而且這件事情，多少也跟我們家有關。我一直沒有問清楚，爸，你的本命到底在哪裡遺失的？」

「問這個幹嘛？」

「是不是一直留在大學宿舍裡面？」

「是又如何？」

「所以我才會說跟我們家有關啊，」鍾家續說：

「今天他們大學宿舍出那麼多事情，說不定就是因為爸的本命留在那邊的結果啊。」

「然後呢？跟我們有什麼關係？」

「如果事情真的是因為這樣而起，」鍾家續理所當然地說：「那就應該由我們家的人去解決，不是嗎？」

「當然不是，」鍾齊德揮著手說：「我的本命會留在學校，本來就是她師祖造成的，現在應該由他們獨自去面對。」

鍾齊德說到這裡突然左邊嘴角勾起了一抹笑意接著說：「而且……如果，真的是因為我的本命，最後讓本家的小姑娘死了，這也算是一種血債血償吧？我也算是報了仇，不是嗎？」

「爸！」鍾家續瞪大雙眼，很難相信這種話會出自自己父親的嘴裡。

「至少，」鍾齊德用手指著鍾家續說：「我這也算是保護你這個蠢小子，你還不懂嗎？她根本就是在利用你！」

鍾家續聽到這裡，知道鍾齊德又要把話題繞回自己跟曉潔的關係上，不耐煩地看了看手錶。

「算了，我現在不想說這個，時間快到了，等我回來再說吧。」

鍾家續想要結束這場爭執，但是擋住去路的鍾齊德，完全沒有讓路的打算。

「如果你還是要這麼執迷不悔，」鍾齊德冷冷地說：「與其被她玩死，不如我在這邊直接就把你打殘了。」

鍾家續聽了原本還想開口，但是一看到父親將輪椅鎖住，並且從輪椅旁將拐杖抽出來的動作。鍾家續知道，父親是玩真的，他是真的想要用武力阻止自己出門。

不過，就這一次，鍾家續不想要退讓，他決定掙脫開自己的宿命，為自己戰鬥一次……就這麼一次。

鍾家續將背包放下，然後將本命戲偶的箱子放到一旁，才剛放好，背後突然發出聲響，猛一回頭，父親鍾齊德架著拐杖已經從輪椅上跳起，朝自己攻了過來。

3

雖然現在已經是暑假，不過曉潔跟亞嵐，還是在中午左右的時候，抵達C大校園。今天就是預定動手的日子，因此兩人提早到學校檢查法器與可能用得到的設備。

一直檢查到下午，確定一切都沒有問題之後，兩人提前去吃了晚餐。

下午四點，她們回到了學校宿舍，曉潔與鍾家續約好下午四點在宿舍大門外見，不過一直沒有等到鍾家續的身影。

看樣子，一切還是回到了過去這一個學期的狀況。

曉潔看了一下手機，距離兩人約定的時間，已經超過一個小時了。

如果再不行動的話，最糟糕的情況就是那個被封印的靈體，直接破陣而出，到時候在沒有準備的情況之下，可能會非常糟糕。

雖然考慮過打通電話問問看，不過該說的話，都已經說了，要不要來，完全看鍾家續自己了。

所以在經過考量之後，曉潔還是決定硬著頭皮上了。

暑假已經正式開始，關於整修的公告也在上個禮拜就已經公告過了。

因此昨天教官已經找人把宿舍三樓的入口圍起來，從外觀看起來，確實就像是準備施工的模樣。

在少了鍾家續的情況之下，確實會讓人感覺到不安，不過情況已經到了不能再拖的地步了。

畢竟為了處理這件事，連學校這邊都有教官配合了，一切都讓曉潔能方便處理，加上現在陣就快要破了，連能夠撐多久都不敢說，就跟當時那個在殯儀館底下的冰屍一樣，已經到了不能不處理的狀況。

而且長遠一點來想，那位幫忙曉潔很多的教官也已經快要退休了，如果這一次不想辦法解決的話，下一次遇到這個問題的人，可能真的連解決都沒有機會了。所以曉潔決定，即便少了鍾家續，還是要照原定計畫，處理宿舍這迫在眉睫的問題。

雖然鍾家續沒來，少了一個可以提供意見的人，不過整個流程曉潔也簡單地計畫了一下。

這一年的磨練，雖然沒有能夠讓曉潔有個好辦法像是對症下藥的特效藥般，處理眼前這個難題，不過還是讓曉潔理出了一些頭緒。

比起將近一年前看到這個四十九縛靈陣的時候，現在的曉潔確實成長了很多，甚至到了連她自己都沒有辦法想像的地步。

過去遇到這樣的事件，曉潔恐怕連該怎麼著手都不知道。

但是經過了這一年的鍛鍊，處理過大大小小的事情之後，曉潔也開始逐漸理出了一些規則，知道在處理這類型案件的事情，該注意哪些，又該從哪裡著手。

預定好要在暑假開始的時候動手之後，曉潔就開始規劃自己該做的事情。

如果只是單純解開封印，那麼只要在解開封印的時候，多幾個步驟解放那些縛靈就可以了，不需要那麼大的空間。

可是考量到事情可能沒辦法解決，說不定又得照著四十九縛靈陣將它再度封印起來，所以還需要有個空間，暫時讓這些縛靈待著，說不定很快又得要用到他們來佈陣。所以才將四樓隔離開來，讓這些縛靈在解開封印之後，可以待在四樓。

這就是曉潔計畫第一個要面對的問題。

於是決定照著原定計畫進行了之後，曉潔跟亞嵐先到了宿舍四樓。兩人巡視了一圈，確定所有人都已經離開後，立刻分工合作，開始在四樓布置，至少要讓等等移過來的縛靈乖乖待在這裡，不會到處亂跑，甚至作祟引發災難才行。

要解開那個封印，第一個要處理的當然是這四十九個排成七個北斗七星形狀的縛靈，把這些縛靈移到四樓。不過在正式移動之前，曉潔跟亞嵐在四樓先進行所謂的前置作業。方法其實也不難，完全是體力的工作。

只要用根特別處理過的釘子，綁上紅繩，另一端繫上一個香爐，並且在香爐裡面插上三炷香，只要三炷香不間斷，就可以把縛靈定在原地。

這算是縛靈的一種特性，也或許就是因為這樣的特性，才會被呂偉道長發現，可以用來鎮住更強大的靈體，創造出這個四十九縛靈陣。

雖然方法不難，但是實際上光靠曉潔跟亞嵐兩個人，擺好四十九個香爐跟釘子，就已經讓她們花了一個小時，並且連腿都痠了。

一方面是要注意彼此之間的距離，另一方面因為香爐都擺在地上，所以一直蹲站的結果。

雖然花了一點時間，不過畢竟現在還沒將封印解開，所以時間方面沒有那麼吃緊，等等一旦開始解封印，就真的是需要跟時間賽跑了。

所以在處理好前置作業之後，曉潔跟亞嵐在四樓休息了一陣子，等體力稍微回復，才前往五樓。

接下來就是重頭戲，解開封印，並移動這些縛靈到四樓。

這個步驟，其實跟外面殯葬業者處理喪事時候差不多，就是俗稱的移靈。

不管是曉潔還是亞嵐，都已經對這個步驟很熟悉了，亞嵐甚至在跟曉潔學這些鍾馗派東西之前，就曾經移過靈。只是上一次是從房間尾移到房間頭，這一次卻是需要樓上樓下跑。

實際上只要這些縛靈、縛妖等等，在移靈的過程之中，都乖乖的，不要出什麼亂子，基本上這個步驟也跟上個步驟一樣，只是個麻煩、費力，但不算太危險的步驟。

曉潔跟亞嵐先在所有縛靈前面上香，然後點起蠟燭之後，一個接著一個將縛靈往樓下帶。

將其中一個縛靈帶到樓下，並且在其中一個香爐前站好之後，吹熄蠟燭，確定縛靈被定在原位，才離開上樓準備再帶一個。

就這樣反覆了三次之後，兩人一共帶了六個縛靈到樓下了，第七個，也就是剛好一個北斗七星陣，只要這個一帶，封印就算解了。

如果只是少了一兩個縛靈，或許短時間內還沒有什麼太大的影響，不過一旦其中一個北斗七星陣徹底被破，那麼這個封印就沒用了，得重新佈陣才行。

而這個封印一解，曉潔就只剩下二十四個小時的時間，可以做準備，因為二十四個小時後，封印一開，裡面的惡靈就會再度重現人間。

曉潔看了一眼手機，現在是晚上七點，兩人是從下午五點開始進行，會挑這個時間，主要還是為了要避開一些即便放暑假還是會留在校園裡面的教職員與學生。

都已經到了這個地步，當然也沒有回頭路了，曉潔深呼吸一口氣後，跟亞嵐點了點頭，兩人開始帶第七與第八個縛靈往樓下走。

到明天晚上七點之前，曉潔需要跟時間賽跑。

不過那也等到把這四十九個縛靈清空後，才能進行下一個步驟。

因此曉潔跟亞嵐完全不敢停下腳步，一個接著一個，將縛靈往樓下帶。

兩人帶到第三個北斗七星陣的時候，就已經臉色蒼白，不得不中間休息一下。曉潔完全不敢想像，如果沒有亞嵐幫忙的話，現在自己會有多慘，可能光是在這一步，就讓自己耗盡所有體力，就連時間可能也需要一倍以上才能完成。

在經過了兩次休息之後，曉潔跟亞嵐兩人總算合力將所有四十九個縛靈，全部都移往樓下。

四十九個縛靈都清空了之後，五樓顯得空空蕩蕩，兩人坐在椅子上，看著這空曠的空間，可以想見多年以前，這裡也跟樓下那些樓層一樣，在平常時候人來人往的模樣。

不過不知道是因為荒廢多年，還是因為被封印住的惡靈正在甦醒，看著這空蕩的樓層，確實給人一種說不出來的詭異感覺。

當然更別提像曉潔這樣有點修行的人，光是坐在五樓門口，都覺得有點頭暈，還可以聞得到一股腐臭的味道，雖然不是很濃，但是還是讓曉潔忍不住想用嘴巴呼吸。

到這裡為止，曉潔的第一步計畫也算是完成了。

不過這也是整個計畫之中，唯一一個沒有什麼危險與意外的部分。

接下來第二個步驟，就是想辦法把握時間，判別出這個被封印的靈體，到底是何方神聖。

關於這個步驟，曉潔倒是有個比較不一樣的辦法。

如果處理的人是別的鍾馗派道士，這個步驟可能需要許多繁複的手續，畢竟首先要從十二個靈體種類中，先測驗出確定的種類，至少就需要測驗十二次，每一種都需要用不一樣的方法，而且還需要挑對方法，有些方法只測驗一次還不夠，還需要做別的測驗之後才能確定。

光是跑這些測驗的流程，恐怕就得要耗掉好幾個小時。

不過曉潔有一個辦法，可以省掉這些步驟，只需要測一次，就可以揭開這個被封印的靈體神秘的面紗。

當然這個辦法，並不是曉潔想到的，而是在呂偉道長所傳承下來的口訣之中。

在一切情況都是未知的狀況之下，也就是資訊不足以判斷即將面對的靈體是什麼的時候，可以用的一個測驗法。

而這個測驗法，呂偉道長給了它一個名字，稱之為「辨靈陣」。

曉潔打算用這個呂偉道長的辦法，來測驗被阿吉封印起來的靈體，到底是哪一種靈體。

雖然只需要做一個測驗，不過需要的東西倒是不少，佈起陣來也頗為壯觀，光是法器就需要七種，而且其他林林總總需要用到的東西也很多。

說穿了，這個辦法其實就是融合所有十二種靈體的測驗方法，將它們簡化、合併，去蕪存菁之後的陣法。

一般在遇到靈體的時候，有很多資訊可以提供鍾馗派的道士判斷，可能的靈體有哪些，在這種情況之下，佈這種陣法雖然一樣可以測得出來，不過有種殺雞用牛刀的感覺。即便做三、四個測驗，也比這個簡單許多。

因此這個陣法，只有在沒有半點資訊可以判斷的時候，才有可能用得上。

不管是辨靈陣要用的東西，還是那些要固定縛靈用的香爐等等曉潔需要的東西，全部都是在暑假前，就陸陸續續帶來學校，有些還是教官幫忙張羅的。

如果不是阿吉當年那樣的表現，全世界可能找不到這樣的教官，可以幫忙處理類似這樣的事情，因此讓曉潔覺得，自己說什麼也不能讓阿吉丟臉，畢竟教官就是相信阿吉才會這樣幫助自己。

曉潔在亞嵐的幫忙下，在五樓的地板上，佈下這個辨靈陣，由於其中還有關係到一些方位，需要精準擺設，才有可能發揮作用，因此她不斷調整，一直到完全符合口訣中所述的狀況為止。

擺好陣之後，將法陣的香跟蠟燭點起來，接下來只需要等待一段時間，就可以知道這個靈體的真面目了。

在等待的過程之中，亞嵐與曉潔兩人在旁邊坐了下來，處理到現在為止的步驟，真的消耗了兩人不少體力，因此兩人坐在牆邊靠著牆，趁機好好休息一下。

看著這樣浩大的法陣，不禁讓曉潔想起了呂偉道長。

呂偉道長的一生，留下了許多傳奇。

而且這些傳奇的面相多元，端看從哪個角度來看，都有著不同凡響的成就。

像是對一個文史工作者來說，他證實了許多過去被認為傳說的故事，並且取回了頗具文史價值的鍾馗四寶。光是他周遊台灣四處，把鍾馗四寶找出來的傳奇，就曾經吸引了文史工作者上門，希望可以將他的這段故事寫成書，但是基於保護鍾馗四寶的立場，最後被呂偉道長婉拒了。

對過去那些鍾馗派的道士來說，呂偉道長成為繼鍾馗祖師之後，唯一一個收服了一百零八種靈體的偉大道長，取回鍾馗四寶，並且按照道士大會的約定，將它們還給各派，促成了鍾馗派的團結，更重要的是他代表著希望，一個可以將鍾馗派帶往更光明地方的希望，一直到他突然往生為止。

至於對那些呂偉道長幫助過的人來說，呂偉道長改變了他們的一生，阻止了許多很可能發生的悲劇，更是他們的救命恩人。

而對曉潔與阿吉這些他傳承下來的弟子們來說，呂偉道長補足了口訣，並且將這些口訣傳承下來，就是他最偉大的地方。當然在這些口訣之中，也不乏有類似這樣的辨靈陣完全由呂偉道長一手創造出來的東西。

呂偉道長的口訣之中，主要當然是為了補足原本口訣的不足與缺漏，加上多年在不得已的情況之下，使用別道的經驗累積，所創造出來的口訣，因此在這些口訣中，偶爾也會出現一些比較應用類的東西，或者是呂偉道長自創的東西。

這些自創的東西，是呂偉道長對口訣的領悟力，加上多年經驗累積下來創造出的。

像這種在完全未知的情況下，任何靈體都有可能的狀況中，如果是一般的鍾馗派道士，可能就需要土法煉鋼，先從十二種靈體開始測驗，一個一個測，不但費時也費工。因此呂偉道長靠著自身經驗的累積，所自創出來的辨靈陣，融合所有口訣中測驗靈體的辦法，並且加以改良，創作出一種只要測驗一次，就可以找出十靈體的正確分類。

當然，每種靈體都還有九種變化，辨靈陣測不出來，不過簡單來說，在面對完全未知的情況之下，沒有辦法辨識出靈體的時候，這個辨靈陣就是最好的選擇。

光是就鍾馗祖師所傳下來的口訣來說，曉潔現在腦袋裡面裝的，跟呂偉道長腦袋裡面裝的一樣。

換句話說，這個辨靈陣就是從這些祖師爺的口訣之中，提煉出來的成果。不過曉潔可沒辦法像呂偉道長這樣，把十二種方法結合成一種。

難怪阿吉會說呂偉道長是口訣方面的天才。

在佈陣的時候，確實有些地方，讓了解口訣的曉潔知道用意何在，也知道這樣測驗可以讓那些靈體無所遁形，不過光是理論了解，到實際上可以創作出這樣的一個完整的陣，還是有很大的差別。

就好像了解所有車子的原理，跟實際上發明出一台車子，有著天與地的差別。

因此佈完陣之後，曉潔對呂偉道長的佩服，也像是電影裡面那句台詞一樣，有如滔滔江水綿延不絕。

很難想像兩人腦袋裡面的是同一套口訣，但發揮出來卻有如此大的差別。

一直到今天為止，即便是已經處理過很多次的縛靈，曉潔還是得要照著口訣，按部就班來執行，一旦中間有了什麼差錯，就很容易演變成難以收拾的場面。

連用起這些口訣，到現在都還綁手綁腳，當然也更不用說像呂偉道長這樣融會貫通，甚至從中創造出屬於自己的東西來。

然而當曉潔一屁股坐下來，那問題又浮現在自己的腦海之中。

這樣的呂偉道長，真的可以做出那樣的事情嗎？

自從跟鍾齊德見面之後，每次只要想到呂偉道長，這個問題總是會如影隨形，接踵而來。

想起這一點，不免讓曉潔臉色垮了下來。

「怎麼啦？情況很糟糕嗎？」

看到曉潔的臉色沉重，不免讓亞嵐聯想到這裡。

「不是，」曉潔搖搖頭說：「因為這個陣法是我師祖創的，所以我想起了我的師祖。」

「就是那個打傷鍾家續爸爸的呂偉道長嗎？」

「嗯。」曉潔沉重地點了點頭。

當然曉潔的心情，亞嵐多少也有點了解，因為現在的她，也算是半個鍾馗派的弟子，換句武俠小說裡面的話，很像是那些少林寺的俗家弟子，雖然沒有入佛門，但是還是多少學了些少林功夫。

因此呂偉道長，對亞嵐來說也算是個長輩，也可以算是她的師祖。

自己的師祖如果真的那麼殘暴，似乎也多少會讓人覺得難受。

「就阿吉，也就是我師父的說法，」曉潔對亞嵐說：「當年呂偉道長傳授這些口訣的時候，裡面竟然還參雜了阿吉的名字。」

「啊？」

「可能是因為我師祖只有我師父一個弟子，」曉潔解釋：「所以傳授自創口訣的時候，有時候會提醒我師父那樣，很自然地把名字加進去，聽起來就好像是師父在提醒徒弟一樣，當然實際上也是這樣啦。當然我師父在傳口訣給我的時候，就自然把這些名字拿掉。」

「然後呢？」亞嵐不是很了解曉潔要表達的意思。

「一直以來，」曉潔說：「我都以為呂偉道長創出那些口訣，是為了補足口訣裡面的缺失，但是這個陣卻不是，即便不用這個辨靈陣，靠著口訣慢慢試還是試得出來，所以很顯然，這個辨靈陣並不是為了補足口訣的不足。」

亞嵐似懂非懂地點了點頭。

「然後我聽阿吉說過，」曉潔接著說：「哪怕只有一點點線索，呂偉道長也可以辨識出靈體，而且不曾出錯過，這就是他之所以可以成為一零八道長的原因。就阿吉的說法，這個辨靈陣，呂偉道長自己只真正使用過一次，而且那一次還是為了測驗這個陣法是不是真的可行。換句話說，他根本用不到這個法陣，這個法陣，根本就是為了後面的人，學藝不精所創的。」

最後一句話，曉潔說的時候，臉上掛著苦笑。

因為雖然在當下，呂偉道長或許是為阿吉所創，不過實際上連曉潔自己，也絕對可以被歸類到跟阿吉同樣學藝不精的這一類。

聽到這裡，亞嵐也大概懂得曉潔的想法了。

人家常說看一個人的文章，多少都能看出一點那個人的個性與內在。

從許多呂偉道長所流傳下來的口訣看起來，一點也看不出他是這樣殘暴的人。

畢竟至少對阿吉來說，他絕對是個慈祥又偉大的師父，這點從每次只要提到呂偉道長，或者是阿吉在處理鍾馗派的時候，總是卸去那痞子樣，就可以看得出端倪。

「不管鍾家續他爸爸，」曉潔面無表情地說：「是不是我的師祖呂偉道長打傷的，也先不要談到底在什麼情況之下動手的，似乎有些事情不會改變。」

「嗯？」

「呂偉道長結束了鍾馗派的分裂，」曉潔聳了聳肩：「雖然現在看起來好像沒什麼意義，不過還有就是找回了鍾馗四寶，甚至留下了很重要的口訣，這些都不會改變。」

「嗯。」亞嵐若有所思地點了點頭。

「我不是在幫呂偉道長說話，畢竟……」曉潔這時候轉過來露出一點笑容，「我也反對任何形式的暴力。」

亞嵐聽了噗哧一聲笑了出來，因為這是詹祐儒常常掛在嘴邊的口頭禪。

「其實反過來說也一樣，」曉潔收拾起臉上的笑容說：「不管呂偉道長做了再多，也不能改變他的暴行……如果他真的這樣傷人的話。」

亞嵐點了點頭。

「或許……」曉潔說：「這個世界上，沒有所謂的好人與壞人，即使是好人，也會做壞事。壞人也會做好事，所以根本沒有什麼好壞人，只有事情的對錯。而且不管好人還是壞人，有時候又得看你看那人的角度，就好像我吧，目前來說全校可能只有妳認為我是好人，對其他人來說，我是對他們的偶像無禮，還鬧出一堆事情來的壞人。」

亞嵐聽了，也只能苦笑。

因為確實即便已經過了一年，曉潔有時候還是會被人指指點點，關於她在迎新晚會跟學姊的衝突依然在私下不停流傳。

即便現在看起來好像沒事，不過很明顯班上很多同學還是避著她，就連亞嵐有時候都會被人問起為什麼要跟這樣的人做朋友，不過亞嵐總是懶得理會這樣的無理問題，更不會跟著起鬨。

不過不可否認的是，事實確實就像曉潔說的一樣。

從不同的角度來看任何人，總是會看到許多不同的面相。

這時，原本安靜的法陣，有了一點動靜。

在法陣的中央，擺有四個碗堆疊成的小金字塔，四個碗都裝著符水，符水上面，都縛著一支小蠟燭，這時四個碗的蠟燭都一起搖晃了起來，因此在昏暗的環境之下，顯得特別明顯。

「開始動了。」亞嵐說。

「嗯。」曉潔點了點頭。

兩人從地板站了起來，靠過去法陣旁。

在碗的一旁，圍著一些用法器布置而成的機關，而整個法陣是以圓形的模樣，向外擴張。

這是呂偉道長精心設計之下的結果，讓法陣呈現圓形，就好像時鐘一樣，十二個方位，代表的正是十二個靈體，從一點開始的縛，然後照著順序由低而高，一直到十二點的逆。

為了可以清楚看到最後的結果，兩人靜靜地在外圍看著。

這時中央的碗一晃，最上面的碗一傾斜之下符水流了出來，答案很快就要揭曉了，等等看這符水流往哪個方位，就是相對應的靈體。

兩人屏息以待，答案即將揭曉，這個被阿吉用四十九縛靈陣，封印住的靈體，到底是什麼樣的靈體。

符水從碗底流了出來，就好像是一條有生命的蛇一樣，向外開始爬行，通過了香陣，突然轉了個彎，然後朝向一條曉潔想都沒想過的方向流了過去。

答案出來了，不過這個答案遠遠超過了曉潔的意料，以至於看著結果出爐，曉潔卻是張大了嘴，完全說不出話來。

空蕩蕩的五樓空間之中，一片死寂，就連兩人的呼吸聲都聽不見了。

這時外面突然傳來了一陣騷動的聲音，將已經看傻眼到連呼吸都忘了的兩人拉回現實。

「你不能上去！」

「聽我說，我是真的跟她約好了，讓我上去，不然你跟我上去，就可以知道我說的是真的假的。」

聲音是兩人熟悉的人，想不到到頭來鍾家續還是來了。

在看到答案之前，鍾家續如果趕到的話，曉潔跟亞嵐肯定是哀號。

因為剛剛那些苦力活如果多一個人幫忙的話，兩人肯定會輕鬆不少。

不過現在兩人根本就顧不得那些小事了。

因為最後的答案揭曉，但是卻遠遠超過兩人所能應付的範圍，哪怕是多加一個鍾家續來也是一樣。

果然過了一會之後，教官跟鍾家續兩人出現在五樓門口，曉潔上前去跟教官解釋，教官聽了之後安心離開，留下鍾家續。

「不好意思，」鍾家續一臉尷尬：「我的手機被我爸打壞了，所以沒辦法跟妳聯絡，不過我已經盡力趕過來了……妳們怎麼了？怎麼臉色那麼難看？」

「我們已經測出來了，被封印在這邊的靈體。」

「喔？結果呢？」

「……是逆。」曉潔回答。

不過就是這兩個字，也讓鍾家續的臉色彷彿趕進度一樣，立刻跟在場的曉潔與亞嵐一樣，變得沉重、慘白。

答案揭曉了，測驗的結果確實如曉潔所說的一樣——逆，十二種靈體之首。

第8章・絕望

1

想不到，這個被封印的靈體，竟然會是逆。

這個消息，對三人來說，無疑是莫大的打擊。

雖然說，亞嵐實際上根本還不知道逆到底是怎麼樣的靈體，不過關於靈體的分門別類，她也已經學到了，當然也知道所謂的逆，是鍾馗派所有十二種靈體分類中，最強大的一種靈體。

強大到曉潔的師祖，也就是呂偉道長最後就是死在這種靈體之下。

亞嵐都知道了，曉潔跟鍾家續當然不可能不清楚。

這已經遠遠超過兩人所能處理的範圍，哪怕是兩人聯手也一樣。

在知道了靈體的真面目之後，曉潔也真的很後悔自己真的想得不夠遠，不，應該說完全沒有想到會是那麼恐怖的對手。

畢竟當年的阿吉，就一個人單獨對付過這個靈體，怎麼想都想不到，竟然會是逆。

如果是這麼強大的對手，當年呂偉道長也還在，為什麼不會想要找呂偉道長來幫忙呢？

雖然早就知道當年阿吉就是為了試試看自己的能力，才會跑來這所大學就讀，不過這也太大膽了吧？他就讀這所大學的時候，也不過就是跟曉潔、鍾家續一樣的年紀。

真不知道該說是藝高人膽大，還是說太過於莽撞。

或許，當年的阿吉就是因為打不過，才選擇用封印的方式？

這樣的疑惑，也浮現在曉潔的心中。

不過後悔也來不及了，封印已經解開了，二十四小時之內，那個被封印的逆，就會破繭而出。

現在最重要的是，接下來該怎麼做……

雖然知道可能有點強人所難，不過曉潔還是打算問問看鍾家續。

「你……」曉潔問身邊一樣因為震驚而沒有說話的鍾家續，「有辦法收服逆嗎？」

到了這種時候，就好像溺水的人一樣，就連一根樹枝都想要抓住。

既然鍾家續來了，曉潔當然也要問一下。

沒想到這個問題，讓鍾家續瞪大了雙眼，彷彿曉潔問了一個很不應該問的問題一樣。

「妳是在開玩笑嗎？」鍾家續略顯不悅地回答：「都到了這種時候，妳還有心情開玩笑。」

「我沒有開玩笑的意思，」曉潔皺著眉頭說：「我是很認真的問你啊。」

聽到曉潔這麼說，鍾家續仍然是一臉不悅，「拜託，在十二門時代之後，不管是本家還是我們，都不可能收服得了逆了。」

想不到鍾家續這話一出，曉潔跟亞嵐幾乎是異口同聲地說：「十二門時代？」

「妳不會連這個都不知道吧？」鍾家續一臉難以置信的表情。

曉潔非常肯定地搖了搖頭，讓鍾家續更是瞪大了雙眼。

只是鍾家續不知道的是，這關係到角度的問題，所以曉潔才會一無所知。

先別論曉潔當年完全就是急就章塞下所有的口訣，關於鍾馗派本身歷史的部分真的所知甚少，就算時間足夠，對鍾馗派的人來說，所謂的十二門時代，根本就不太重要。

因為，對本家的人來說，那只是一個錯誤的時代，所做出的一個錯誤的決定，最後也導致一個極為錯誤的結果，如此而已。

但是對鬼王派的人來說，卻是剛好相反，十二門時代開啟了他們的大門，更是誕生他們的搖籃，因此不會有任何鬼王派的人不知道這個典故。

驚訝過後，鍾家續搖搖頭，看著曉潔跟亞嵐都等著他繼續解釋，也只能搖搖頭。

「逆，是不可能被收服，不，就連要對付逆，都絕對需要莫大的運氣與超強的實力，那是因為逆的相關口訣，早就已經沒了。」鍾家續說：「一切都是因為十二門時代的關係……」

2

鍾馗派，這個一路從鍾馗祖師所流傳下來的門派，經歷過許多次的劇變。

畢竟是第一線與惡靈對抗的職業，加上古老又神秘，所以有許多令人措手不及的意外，或許也是注定的命運。

面對這些劇變，鍾馗派不得不做出一些改變，以應付這些接踵而來的劇變，說穿了只是為了可以生存，並且將這些意義重大的口訣傳承下去。

就像第二代誕生出來用鍾馗戲偶跳鍾馗，就是最好的例子。

因為沒有像鍾馗祖師那樣的道行，所以需要借助師父的力量，才有辦法實現大部分的口訣。

對鍾馗派的人來說，這個改變，意義非凡，並且為原本可能就此中斷的一個流派，找到了一條全新的生路。

雖然說最後也因為這個改變，帶來了血染戲偶這條邪道，不過整體來說，對鍾馗派還是意義重大。

然而不是每個改變，都可以帶來劃時代的意義與貢獻，甚至有些改變，為鍾馗派帶來全新的災難。

其中最典型的例子，就是第六代之後，鍾馗派進入分裂的狀態，為了保存口訣，因此分成了東、南、西、北四派。原本的目的，就是為了保存看法分歧的口訣。這個時期雖然分成了四派，但是主要也只是口訣的歧見，並沒有實際上彼此互相爭鬥的情況。這個時期即便分成四派，但是有些事情，還是維持著不變，其中一個就是尊鍾馗本家所在的北派為實際上的領導者。

雖然口訣有分歧，但是遇到了妖魔鬼怪之際，還是需要一個正確的辦法，甚至有必要透過經驗來修正口訣，因此誕生了另外一個短暫的年代，被後世的鍾馗派門人稱為「十二門時代」。

在第六代猝死之後，由於口訣的傳授沒有完全，導致有部分口訣闕失，為了防止這些口訣再有折損，分成了四派。但是這樣的分裂，並無助於解決當前面對的困難。所以鍾馗派想出了一個對應的辦法，就是將口訣分成十二門，由十二個道長來專職負責某一門的口訣。

雖然就概念來說，是第六代就有的概念，不過嚴格說起來這個時代是從第九代正式開始，一直到十三代畫下句點，期間只有短短的四代時間。

簡單來說，就是將口訣中十二種靈體各設一個門別，並且由一位道長專門負責，他們超然於分裂的四派之外，儼然就是自己形成一派，是以實戰為基礎，擁有自己獨立的口訣，並且隨時可以因應狀況進行改變與修補，完全不以保存原始口訣為目標。

在當時的時代背景之下，這十二門的道長，幾乎都是各派的翹楚，而不分東南西北各派，只要在實際上處理案件時，遇到了困難，這十二門道長便會給予支援。

這些制度與改變，其實說穿了，都是為了應付當時第六代掌門猝死所做出的改變。但是十二門時代卻產生出許多問題，因此也被許多鍾馗派的道士，稱之為鍾馗派第一個黑暗時代。

首先就是十二門的成立，讓鍾馗派形成了類似現今學術界才會產生的紛爭，有所謂的「理論派」與「實務派」。十二門雖然是以口訣當作基礎，但是為了因應許多實際上發生的狀況，所以大刀闊斧改掉許多部分，裡面充滿各種取巧與簡略的技巧，都是為了實際上處理事務方便。至於原本四派各自保存的口訣，反而變成了一種累贅，有種為了流傳與紀念才不得不去背誦的感覺。十二門的口訣與訣竅，反而成了當時的「顯學」。

這只是其中一個問題。

另外一個嚴重的問題就是惰性，由於十二門道長各有專精，為了專精自己的口訣，開始出現一些道長毅然決然放棄了其他門的口訣，出現出許多只會專門對付一種靈體的道長，最直接的影響就是導致當年的鍾馗派道長，功力衰弱到一個難以置信的地步。而這樣的惰性也間接影響到不屬於這十二門的道長，由於長期依賴十二門的結果，導致各門派的道長出現惰性，口訣背誦開始偷懶，甚至有人終其一生還沒有記完所有口訣的現象。

雖然當時就有許多有先見之明的道長，希望可以廢止十二門的制度，不過由於當時各派都太過於依賴十二門幫忙處理案件，因此最後也不了了之。

一直到第十三代的時候，發生那件眾所周知的案件，才正式終止了十二門的時代。

當時北派掌門的雙胞胎弟弟，脫離了鍾馗派，墮入魔道，一手創立了鬼王派。

然而那個雙胞胎弟弟，在脫離前所負責的，就是位居十二門中之首的「逆」門，而追隨他一起脫離鍾馗派的，正是在逆門跟隨他的道長，以及一些認同他，認為鍾馗派需要有所改變的十二門道長。

他們的脫離，說是十二門制度之下的產物，其實一點也不為過，因此帶給鍾馗派的衝擊，除了宣告十二門時代的結束之外，最大的影響，除了兩派之間數百年的恩怨之外，還有一個非常嚴重的狀況，就是身為逆門的負責人，他帶走的口訣，也是一個無法彌補的洞，間接導致本家這邊，逆的口訣最後只剩下一個字——逃。

3

當然，這是基於過去的歷史，所推論出來的結果。

在十二門的時代過去之後，也確實只有少數的道長，有辦法對付逆。

不過鍾家續不知道的是，在曉潔的腦袋裡，有著呂偉道長多年的經驗累積下來之後，所自創出來的逆口訣。

只是，就連曉潔也知道，即便知道了一些習性跟對應的方法，也不見得可以應付得來，不，應該說是曉潔也有自知之明，知道這絕對不是自己可以應付得來的。

這就好像當年的第二代一樣，即使繼承了完整的口訣，也沒辦法像師父鍾馗祖師一樣，甚至還需要發明戲偶來跳鍾馗，藉師父的神威，才有辦法執行那些口訣。

所以就算腦袋裡面有這些口訣，讓逆破除封印之後來對付它，也絕對不是一個聰明的選項。

既然這樣，就只能實行B計畫了。

雖然說，完全沒有料想到那個被封印的靈體，是恐怖的逆。

不過曉潔確實有想過，要是情況不是很好，自己真的沒有辦法處理的時候，那就趁二十四小時之內，故技重施，重新布置一個縛靈陣，將這個靈體重新封印起來。

可是就連曉潔自己也不知道，這個辦法是不是可行，不過現在也只能走一步、算一步了。

「既然這樣，」曉潔對兩人說：「我們就照先前的作法，用縛靈陣把它繼續封印起來。」

當然對此，亞嵐跟鍾家續沒有什麼意見，畢竟如果對象是逆，這或許是唯一的辦法也說不定。

還好為了可以實行這個步驟，亞嵐跟曉潔先前就先把四十九個縛靈移到了樓下的宿舍，至少他們不用為四十九個縛靈傷腦筋。

而且現在多了鍾家續幫忙，移起這些靈體來說，比起先前省了一點力。

三人到樓下去，一次就可以移動三個，三次就可以完成一個北斗七星陣，比起先前兩人需要四次才能帶完一個來說，光是力氣就省很多了。

三人各帶著一個縛靈，照著先前的方法，將縛靈重新帶回五樓，將縛靈固定好之後，三人回到樓下，再領著另外一組到樓上來。

走在最前面的是曉潔，接著跟著亞嵐跟鍾家續，剛剛三人將縛靈先固定在最靠近入口的地方，這一次上去，也是要到相同的地方，因為還是三人打算以北斗七星陣為基本單位，一個一個完成為主。

這時走在最前面的曉潔，突然停了下來，讓後面兩個專注在帶領縛靈的人，差點撞上去。

「搞什麼？」

最後面的鍾家續則真的來不及停住，撞上了前面的亞嵐，蠟燭一搖晃，差點就熄滅了。

亞嵐聳聳肩，比了比前面的曉潔。

曉潔站在前面沒有動作，只有喃喃的聲音說道：「見鬼了……」

亞嵐跟鍾家續走入門內，立刻知道了曉潔停下腳步的原因。

只見角落，原本應該有三個上一次帶上來的縛靈的地方，現在只剩下一個縛靈在那裡。

「沒有固定好，被兩個跑掉了？」亞嵐說。

雖然說確實有這個可能性，不過剛剛在固定好之後，曉潔跟鍾家續都有雙重檢查過，確定每個縛靈都固定好了，因此這種可能性應該不存在才對。

至少曉潔非常確定，剛剛的縛靈確實都已經固定好了，就連位置都很精準。

由於空間有限，加上佈下縛靈陣的位置，都需要有精準的方位，所以為了省去麻煩，曉潔決定照著先前阿吉的位置，如法炮製般重新佈下縛靈陣，因此位置都是一樣的。

但是就在三人下去帶領另外三個縛靈的時候，樓上固定好的縛靈卻不見了兩個。

一旦數量不夠，四十九縛靈陣就佈不出來。

「如果是縛靈的話，」鍾家續說：「不用擔心，我這邊還有，不過最重要的是……」

「到底剛剛那兩個縛靈怎麼跑掉的？」曉潔接話。

確實，如果是縛靈不足的話，鍾家續這邊倒是有收一些縛靈，可以拿出來用，不用像阿吉當年得要到處去抓來用。

可是如果不搞清楚，到底兩個縛靈怎麼不見的，萬一每送三個上來，就不見兩個，就算鍾家續有再多縛靈也不夠用。

三人先把這一次帶上來的縛靈固定好之後，四處看了一下，都沒有看到那兩個縛靈的蹤跡。

沒有辦法搞清楚的情況之下，三人只好留下一個人在樓上，盯住樓上的四個縛靈，剩下兩個人下去移靈。

最後留下來的，是平常最缺少鍛鍊，其實雙腳已經開始有點超過負荷的亞嵐。

雖然只剩下一個人在樓上，確實有點恐怖，但是她是真的不想再爬樓梯了，所以最後由亞嵐留下來，兩人繼續下樓帶一組縛靈上來。

不過當兩人再度回到樓上，一看就少了一個，原本應該四個的瞬間又變成了三個。

還好這一次有留下亞嵐盯著，所以兩人立刻問亞嵐。

「發生什麼了？」

亞嵐一臉訝異，轉過來之後聳了聳肩說：「我也不知道，我就一直盯著他們四個，然後有一個就這樣消失了，就、就好像鬼魂一樣。」

聽到亞嵐這麼說，讓曉潔真的是好氣又好笑，畢竟這些縛靈，本來就是鬼魂啊。

就這樣消失了……？

曉潔心中感覺到有點不妙，如果真的是這樣的話，說不定縛靈陣不能用了。

於是兩人把送上來的縛靈給固定好，然後三人索性就都留下來，先不移靈了，三人六隻眼睛，就這樣盯著五個縛靈，等著看看會不會又有縛靈不見。

在等待的過程之中，鍾家續趁機想要搞清楚一些事情。

對於這個四十九縛靈陣，鍾家續確實有點疑惑。

這是鬼王派所不知道的方法，而且就鍾家續所知的範圍，本家應該也沒有類似這種利用縛靈來佈陣的手法。

至少可以確定的是，這個縛靈陣是原創的，而且原創的人，怎麼感覺都比較像是鬼王派的人才會有的手法。

「這個縛靈陣，」鍾家續問曉潔：「是本家口訣的嗎？」

曉潔搖搖頭說：「不是，是……某位道長自己創造出來的。」

聽到曉潔說話突然停頓，鍾家續當然也大概猜到了。

「呂偉？」

「嗯。」曉潔點了點頭。

鍾家續轉過頭看著遠處地板上，還沒有清理掉的「辨靈陣」。

「那個也是呂偉自創的？」

「嗯。」

聽到曉潔的回答，讓鍾家續有種不可思議的感覺。

想不到這個呂偉，不但打傷了自己的父親，殺了自己的爺爺，還發明了這一堆東西。

這個呂偉……到底是何方神聖啊？竟然可以做到那麼多事情？

當然，對呂偉的既定印象，就是殺父仇人的鍾家續，是不會產生出佩服的心態，不過還是覺得很難想像呂偉，到底是怎麼樣的一個人。

就在鍾家續還在想著這個問題的時候，眼前的縛靈突然出現了一點奇怪的樣子。

「啊！」曉潔也注意到了，叫了一聲。

三人看過去，只見其中一個縛靈，突然抖了幾下，然後頭一仰，真的跟亞嵐所說的一樣，像「鬼」一樣的消失了。

三人在執行這些步驟的時候，早就都開過眼了，因此按理說不太可能會有這種消失的狀況。

就在三人還不清楚到底怎麼回事的時候，旁邊一個縛靈，又開始抖動了起來。

鍾家續見狀，立刻掏出一張空白的符，然後用手指在符上畫了幾下之後，將符往那縛靈身上貼過去，結果符還沒碰到縛靈，那縛靈頭一仰，跟剛剛的縛靈一樣，整個消失了。

原本看到縛靈一開始抖動，鍾家續下意識便想直接將縛靈給收了，免得被他逃了，可惜符還沒貼到，縛靈就消失了。

雖然縛靈沒有收到，不過鍾家續倒是弄清楚了一件事情。

「他們不是逃了……」鍾家續轉過頭對曉潔說：「是整個消滅了。」

聽到鍾家續這麼說，曉潔終於了解到事情的嚴重性了。

「如果是這樣的話，」曉潔沉痛地說：「或許縛靈陣也已經行不通了。」

4

情況真的很糟糕，從目前的狀況看起來，逆的甦醒恐怕已經成為一個不可改變的結果了。

換句話說，就算要像阿吉那樣利用縛靈陣來封印他，恐怕得先打倒他，或者至少削弱他的力量，才有可能做得到。

可是如果能夠做到這一點，那基本上就不見得需要封印他了，因為如果都可以對付得了他，或者削弱他，那麼要打倒他，似乎也沒有那麼難了。

或許如果換成別種靈體，這都是值得一試的事情，偏偏這一次的靈體，是最高階的逆。

在知道連重新封印這條路也不可行之後，三人真的是身心俱疲，坐在五樓大門外，完全不知道該怎麼辦才好。

現在只剩下不到二十四個小時，嚴格說起來，甚至連二十個小時都不到了，但是三人卻一點辦法都沒有。

尤其是曉潔，除了懊悔自己不自量力，沒想清楚就解開封印之外，還真的沒有其他的想法了。

如果是多年前，或許他們還能找到其他鍾馗派的道士來幫忙，但是現在能夠找到的援軍，還真的只剩下鍾家續的父親，鍾齊德。

先不論鍾齊德願不願意幫忙，光是失去本命的狀況下，也絕對不是逆的對手。甚至鍾家續也很懷疑，就算本命還在，自己的父親能不能對付逆。

曉潔跟鍾家續雖然坐在樓梯上不發一語，不過兩人的腦袋裡面，都已經絞盡腦汁，卻仍然找不到任何一點辦法可以解決眼前這個狀況。

當然，就現場的三個人來說，亞嵐終究還是個剛入門的新手，因此不管怎麼動腦袋也不可能比得上鍾家續跟曉潔。

畢竟對她來說，就連剛剛的什麼縛靈陣啦、還是什麼辨靈陣啦，都跟口訣差不多，對亞嵐來說都是新東西。

因此，她的腦袋裡面所能浮現的東西，確實跟曉潔、鍾家續兩人所想的都不太一樣。

四十九縛靈陣……辨靈陣……感覺起來跟逆有關的東西都有陣，說不定就是應該想陣有關的東西。

這時亞嵐突然想到，好像曾經聽曉潔講過，十二種靈體裡面，好像就有一種是專門說陣形的……

「那個，」亞嵐小聲地問：「我記得十二種靈體裡面，有一種專門說陣的，是哪一種啊？」

雖然很小聲，不過一旁的鍾家續也聽到了，結果變成了兩人一起回答了亞嵐。

「滅。」曉潔跟鍾家續異口同聲。

「喔。」

亞嵐點了點頭垂下頭去，看兩人的表情，現在似乎不太適合問問題，不過既然得到第一個答案了，亞嵐就順勢問第二個問題。

「那我們不能佈滅陣來對付他嗎？」

問出這個問題時，亞嵐心中已經做好了可能會被兩人白眼的心理準備，果然話一出口，鍾家續立刻有了反應，他抬起頭無奈地搖搖頭，但是一旁的曉潔，這一次卻沒有跟鍾家續同一個反應。

只見曉潔一開始似乎想要搖頭，但是頭頓了一下之後，突然抬起來，一雙眼睛直直瞪著亞嵐。

被曉潔猛然這麼一瞪，反而讓亞嵐有點嚇到。

「我說錯什麼了嗎？」

「妳果然是天才……」曉潔看著亞嵐，讚嘆地說。

「啊？」

確實亞嵐的話讓曉潔想到了另外一個可能性，如果可以佈下滅陣的話……

之所以完全沒有朝這個可能性去想，就是因為如果想要佈下滅陣，一定要有多年的修行與強大的功力，或者是一個不可或缺的條件，不管曉潔還是鍾家續都沒有這個才能可以佈下滅陣。

不過……這是以個別的情況來說，但是現在，如果兩人可以聯手的話，或許情況會完全不一樣。

以滅來說，有天地人三種不同的類別，也有三種完全不同的佈陣法。

天要靠道行、修行或法力等等，完全依賴佈陣的道士或法師，才可能形成滅陣。

至於地的情況，則是以風水為主，也是三種滅陣之中，唯一有可能自然形成，不過說是自然形成，多半也是因為人為的疏失或者巧合而形成，天然靠著地形生成者，真的是少之又少。

最後的人，則是三種陣之中階級最低，也最簡單的一種滅陣。

不用任何道行，也不用任何的修行，只需要佈陣，加上一個關鍵，就可以成形了。

問題就在於那個關鍵，並不算簡單。就是需要能夠抓到一個足以成為滅之主的靈體，利用它本身的力量，來形成一個滅陣。

而這個要成為滅主的靈體，還不能太弱，像是那種餓或者縛等靈體，可能都沒有足夠的力量可以形成滅陣。

正是因為這樣的原因，所以即便鍾馗派仍然保有堪稱完整的「人滅陣」口訣，卻仍然沒有多少道長可以佈下滅陣。因為鍾馗派的口訣之中並沒有任何可以控制、收服靈體的手段。

就像是知道了理論，卻完全缺少工具來實現的空談。

同樣的情況在鬼王派則剛好相反，有了可以控制、收服靈體的手段，卻因為沒了本家的口訣，所以完全不會佈陣。

這也正是為什麼，曉潔覺得會有點機會的地方。

雖然兩人功力不足以佈下天滅之陣或地滅之陣，不過人滅之陣的話，只要照著口訣，加上鍾家續如果有足夠強大的靈體，說不定就可以佈得出，最簡單的人滅之陣。

「你收服的靈體之中，」曉潔問鍾家續：「最強的是哪種靈體？」

「就是地下街我們一起對付的那個，」鍾家續回答：「天惑魔。」

「可以，」曉潔點點頭說：「如果是惑魔的話，絕對可以佈下人滅之陣。」

正所謂「怨有頭，滅有主」。要佈下滅陣就一定要有個滅主，對很強大的道士來說，比方劉易經或者是阿畢那樣，可以靠著自己的血，或者是陣法的功力，來形成一個滅主，不過這些曉潔跟鍾家續都沒有，所以真的需要靠靈體來當滅主。

剛好，鍾家續手中有的天惑魔，提供了最好的滅主材料。

如此一來，似乎就有機會佈下人滅之陣了。

「真的……」鍾家續不免狐疑：「可行嗎？」

「不知道，」曉潔搖搖頭說：「不過現在看起來，我們似乎完全沒有選擇了。」

是的，面對如此強大的對手，三人真的沒有多少選擇了。

5

亞嵐的一個無心的問題，為三人確實提供了一個目標與方向。

首先當然就是滅陣的佈陣位置，過去阿畢之所以選擇室內，就是因為在室內佈陣的狀況之下，最容易把所有人都吸入陣中。

不過現在三人可不想要自己也被吸入陣中，所以室內絕對不是一個好的選擇，尤其是在佈好陣之後，另外一個課題就是該如何把逆吸入陣中。

當然如果單純只是陷阱式的佈下滅陣，並且把逆吸進去的話，或許直接佈在五樓會是個最好的地點，問題是這會有兩個很嚴重的問題，第一個就是萬一第一時間沒能成功，被滅逃出五樓，那麼想要重新使用這個滅陣，把他引入陣中，就幾乎是不可能的任務了。

另外一個嚴重的問題就是，就算真的把逆弄入陣中，下一個步驟還需要破除滅陣，如果不破陣，那麼任何到五樓的人，只要在滅陣的有效時間之內，就一樣會被吸進去。

所以除了佈下滅陣之外，還需要在逆被吸進去之後，將陣破了，這個辦法才算是可行。

因此經過了考量之後，曉潔決定找個空曠一點的場所來佈陣，雖然吸引逆入陣，可能比較有難度，但是其他部分的難度相對會降低很多。

而且在空曠一點的地方，相對地他們要逃、要躲，也比校舍方便一點。

所以最後曉潔決定將陣佈在校園後方的後山，也就是去年迎新的地點附近。

那裡人煙稀少，空曠的地方也多，絕對是個很適合與逆對決的場所。

當然，決定好佈陣的地點之後，接下來的問題與步驟，也變得比較清楚了。

首先第一個要處理的問題就是該如何吸引逆，到達佈陣的地點。

這裡鍾家續提供了最大的幫助。

「我這邊有些收服的靈體，」鍾家續說：「我們可以利用這些靈體，一路將逆引到這裡來。」

鍾家續的計畫，是一路佈下自己收服的那些低階靈體，在逆一開始甦醒之後，便立刻開始攻擊他，一方面可以削弱他的威力，另一方面可以把他引到陣這邊來。

只要能夠把逆引到這裡來，接下來的步驟或許就比較簡單，但是也相對地比較硬碰硬了。

這裡曉潔並不清楚，自己佈下的滅陣到底威力夠不夠把逆給吸入陣中，所以比較保險的作法，就是有個人在旁邊跳鍾馗壓陣，削弱逆的力量同時，也算是增加他被吸入陣中的機率。

「關於這點，」鍾家續突然開口：「我想有件事情，可能需要跟妳們兩個說一下。」

「嗯？」

看鍾家續一臉嚴肅，而且很認真的模樣，讓亞嵐跟曉潔都認真聆聽鍾家續要說的話。

「就是跳鍾馗的這個部分，」鍾家續認真地說：「因為先前的情況，妳們其實都沒有辦法好好看到我在這部分的表現，所以我可能需要先跟妳們說一下。」

曉潔跟亞嵐緩緩地點了點頭。

「我……」鍾家續一臉嚴肅地說：「是個操偶的天才。」

「啊？」

原本還以為鍾家續會說出什麼話，想不到聽到的卻是這樣宛如詹祐儒般自我吹噓的話，讓兩人不禁白眼加張大嘴。

「不，」鍾家續不悅地說：「妳們這什麼反應？真沒禮貌，我很認真的。」

「相信我，」亞嵐冷冷地說：「我們翻白眼也是很認真的，你是怎樣？吃到詹祐儒的口水嗎？怎麼講話跟他一樣？」

「不是，」鍾家續無奈地搖搖頭說：「是覺得到了這個時候，我們應該有什麼就說什麼，因為妳們不了解我在操偶方面的實力，我覺得應該要告訴妳們一聲，現在絕對不是謙虛的時候，應該是有什麼就要用什麼。」

「所以你的意思是……」曉潔問。

「我的意思是，我操偶真的很厲害，所以到時候跳鍾馗的任務……」

「本來就打算交給你。」

「喔。」鍾家續抿著嘴說：「那就沒事了。」

當然，既然鍾家續來了，就操偶方面來說，即便他不是天才，多年的經驗也絕對比曉潔跟亞嵐還要豐富，所以本來跳鍾馗的任務，就是打算要拜託鍾家續的。

不過聽到了鍾家續自稱是操偶的天才，還是不免讓曉潔內心一揪，想起了那個男人。不知道鍾家續是不是真的跟他一樣好，那個可以讓同行看到跪下來流淚的阿吉。

決定好操偶的人選之後，整個計畫也差不多底定了，接下來就是看如何實行了。

正所謂知易行難，真正的考驗，或許現在才開始。

不管是曉潔還是鍾家續，都有了這樣的覺悟。

時間只剩下不到十八個小時了，一切都需要把握時間才行。

第9章・作戰開始

1

既然決定好了作戰計畫，一切就看能不能夠實現了。

當然這個作戰計畫，最重要的就是滅陣，能不能夠佈下滅陣，才是整個計畫能否實現最重要的關鍵。

不過由於天色已晚，山區的路況又複雜，為了避免不必要的麻煩，所以三人決定明天早上天亮之後再去佈陣。

既然已經計畫不用縛靈陣了，那麼繼續把這些縛靈留著，也沒有什麼意義，所以趁著現在還是半夜，三人決定先把那些縛靈給放了，以免明天這些縛靈，引發逆的怨恨，畢竟就是這些縛靈將他封印在五樓。

不過在放了這些縛靈之前，還有一件事情三人想要做的。

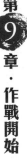

雖然知道這個被封印的靈體是逆，不過到底是哪一種逆，三人還不知道。

所以在解放這些靈體之前，曉潔跟鍾家續想要從這些靈體口中，看能不能問出一點訊息，幫助他們判斷底下這個逆的真實身分。

雖然說就逆來說，其實不管哪一種都差不多強，不過知道種類還是非常重要的一件事情。

至少，心中也有個底。

原本想說，這些縛靈生前不是鍾馗派的道士，自然不會知道靈體的分類，不過還是可以問得出一些端倪，像是封印在哪個位置，或者是外表的模樣之類，都可以有助於鍾家續與曉潔推論出這個靈體真實的身分。

不過一連問了幾個，都沒有辦法問出一點端倪，就在兩人覺得這個方法可能不可行的時候，一個縛靈口中說出了三個讓兩人驚訝的字。

「地……逆……妖。」一個男性的縛靈，緩緩地說。

可能因為太久沒有說過話，也可能因為記憶不是很清楚，所以口齒有點不清楚，不過三人還是勉強可以聽得出來這三個字。

「你確定嗎？」鍾家續有點狐疑：「你怎麼知道的？」

「金髮男說的，」那縛靈說：「那是他……的……名。」

原本鍾家續還有點疑問，到底他的名是金髮男還是那個靈體，不過聽到這裡，曉潔當然已經知道這個金髮男是誰，只是曉潔第一個想到的是，原來那個年代就有染髮啊？

而且大學那時真的有那麼開放嗎？

不過曉潔隨後就想到，就算真的那時候沒那麼開放，以阿吉日後的習慣看起來，他恐怕也是照樣染成金色，然後在學校的時候戴頂假髮吧。

當然，這絕對不是重點。

最重要的是，至少三人可以確定的是這個被封印的靈體，確實就是地逆妖。

這對三人來說，或許是這一片絕望之中，唯一一個好消息。

畢竟地逆妖是所有逆之中，可以說是最常見，也是最弱的一種逆。

就好像很多中國傳統的說法，某種動物修行千年便成妖，其實在鍾馗派的分類中，像這種千年妖怪都屬於逆妖。

逆的關鍵，就在於逆天而行，不合天理。

基本上可以活上千年，本身就是種「逆」了，因此就邏輯來說，所有千年妖都是屬於逆。

不過逆由於狀況比較特殊，每一種靈體都有其特別形成的方式，沒有像其他十二種靈體那樣，可以有個總綱，自然分類好。總計九種的逆，幾乎沒有多少共通點，甚至連威力都有著天壤之別。

像比較常見的地逆妖跟天逆魔之間，就有著無法跨越的鴻溝。幾乎跟神同等級的天逆魔，用西方的說法比較像是墮天使那樣，本來就不應該是人世間該有的靈體。除此之外，天逆魔一共只有十二尊，數量是固定的，這些都跟地逆妖完全不一樣。

知道是地逆妖，確實對三人來說有很大的幫助。

在口訣中的地逆妖，大部分都是速度快、力量大，除此之外跟一般靈體，也就是其他的妖差別並不大。不過比較特別的是，由於地逆妖威力龐大，也有很多經過多年的修行，吸收了別的靈體，導致呈現出來的模樣，往往都不是一般的動物，比較像是神話的生物。

不過不管外型如何誇張，終究還是靈體，因此還是有機會可以用滅陣來對付他。

知道了封印的靈體之後，曉潔等人把所有縛靈都解放了，經過了長年的封印，這些靈體大多很虛弱，這也是為什麼即便經過了這麼多年，在移靈的時候卻完全沒有抵抗的關係。

解決了靈體的問題之後，剩下就是佈陣的問題了。

由於滅陣對任何人都有影響力，因此為免不必要的麻煩，三人決定在佈陣之後就留個人守在陣邊。

稍微在宿舍休息了幾個小時，中午也先吃過飯後，才開始進行佈陣的工作。

日正當空，天氣也有點炎熱，三人離開學校，朝當初迎新的地點移動。

一路上，三人也開始計算路線，盡可能避開一般道路與建築物，以避免衍生不必要的麻煩。

還好C大學位於山區，所有建築物幾乎都是沿著山路而建，因此要找到一條沒有人煙的路，比想像中要簡單一點。

三人在後山的湖與學校之間，找到了一片適合佈陣的空地，立刻開始著手進行。

曉潔照著心中的口訣，一步步畫著陣形，在地上寫著符咒，經過了半小時之後，整個人滅之陣開始有了一點雛形。其實就算今天曉潔或鍾家續有足夠的道行，可以佈下天滅魔之陣，也不可能再這一次使用。因為光是天滅魔之陣的陣形，就需要鮮血來寫，不像現在曉潔用朱砂。而且陣本身的咒文非常複雜，所以光是要佈下天滅魔之陣，可能就需要數天的時間。光是時間來說，也來不及對付那個逆妖。所幸人滅之陣沒有那麼複雜，所以從各方面來說，人滅之陣可能都是最正確的選擇。

看著曉潔寫這些咒文的鍾家續，對於本家竟然還留有那麼完整的口訣，感覺到驚訝。雖然已經記不得口訣，不過曾經聽父親說過，當初的創派祖師就是因為口訣已經缺失到難以挽回的地步，所以才會毅然決然想要靠魔悟來領悟更多可用的秘訣。

但是很顯然的，曉潔的口訣至少還完整到讓她可以佈下人滅之陣的地步。

然而鍾家續不知道的是，早在一開始的幾個部分之後，曉潔腦中浮現的都不是本家的口訣，而是呂偉道長所留下來的口訣。

經過了差不多一個小時，曉潔終於把陣佈得差不多了，再三確定過地上寫的符咒，都在正確的方位與位置上之後，才緩緩走出陣外。

現在這個人滅之陣就是「萬事俱備，只欠東風」的狀態，而這個東風，一般的鍾馗派道士是召不來的，只能靠鍾家續了。

「現在只要把靈體放到中央的位置，」曉潔對鍾家續說：「這個陣就可以完成了……理論上是這樣。」

當然，這是曉潔第一次佈陣，所以到底實際上可不可行，她也不知道。

不過這已經是三人現在最後的希望了，鍾家續拿出了天惑魔之符。

這是他所收的靈體之中，最珍貴的一個，也是最強大的一個。

當初收到這張符的喜悅，如今還殘留在心中，想不到已經要用掉了。

曾幾何時，鍾家續還以為自己絕對不會用這張符，說不定還會把它裱框起來，流傳後世，看看自己的阿公或先祖剛出道的成就。

想不到還不到一年，就不得不使用它了。

在走到陣中央的這段路上，就是鍾家續依依不捨與這張符道別的時刻。

在鄭重道別之後，鍾家續照著曉潔所說，將天惑魔召喚在中央，但是卻完全沒見到天惑魔的身影，就看到鍾家續走了回來。

「如何？」曉潔問。

「搞定了。」鍾家續說。

「那我們要怎麼確定，這個陣有沒有用呢？」亞嵐懷疑地問。

「有用，」鍾家續舉起手來說：「因為，這張符已經沒用了。」

亞嵐看向鍾家續手上的符，這時那張黃符已經變得一片空白，而且本身也有些焦黑的點。

這代表著原本棲息在這張符中的靈體，已經徹底離開了這張符的控制，而被收服的靈體，不會這樣無緣無故消失，會這樣消失只有一個原因，就是被鍾家續派出來，不過那些被派出去的靈體，只會讓符上的文字消失，等到鍾家續收回來的時候，符上的文字又會顯現。只有在徹底脫離的時候，才會像現在這樣空白而有許多焦黑的點。

因此這代表著現在原本棲息在符上的天惑魔，已經離開了，而附近又感覺不到他的氣息，他只會在一個地方，就是人滅魔之陣。

既然有了滅主，那麼這人滅魔之陣也正式成立了。

接下來只要等一、兩個小時，人滅魔之陣就會正式啟動，將任何在陣上的人或靈體都吸入滅陣之中。

石。

終於，打從昨天開始一直擔心自己根本佈不了陣的曉潔，也總算放下一顆心中的大

陣佈好之後，曉潔也負責守在陣邊，以防這段時間有人靠近，被陣吸進去就不好了。

至於鍾家續則是在亞嵐的帶領之下，一路佈下自己抓到的那些靈體，準備用這些靈體，將逆妖吸引過來。

等到鍾家續與亞嵐完成回到曉潔那邊的時候，三人又重新把整個計畫流程跑一遍，跟著也稍微演練一下。

天色逐漸黃昏，也差不多該各就各位了。

一切都準備就緒，至於最後這個計畫到底行不行得通，不管是誰都沒辦法預料得到，只能硬著頭皮上了。

2

不管接下來發生什麼，都沒有退路了。

亞嵐先回到學校，將最後的結果報告教官，已經沒有辦法相安無事了，三人決定把

地逆妖引到學校後面的後山，在那邊跟他決一死戰。

因此，在晚上七點之後需要將校園淨空，至少從宿舍到後山的這條路上，盡可能別讓其他不相干的人士逗留。

現在也只能盡可能地將傷害降到最低。

三人作戰的計畫其實很簡單，就是把地逆妖引到後山，讓他進到曉潔佈好的滅陣中。在地逆妖離開校園之後，躲在校園角落的亞嵐，會跟教官協力，將學校各個出入口佈下類似柵欄般的結界，阻止地逆妖重新逃回校園。

這樣就算最後作戰失敗，或者是地逆妖想逃，也絕對不會回到校園裡面。

至少……這樣也算是達成了一部分的目的，將這個地逆妖趕出校園。

至於最後如果地逆妖真的逃掉，進不了校園結果會怎樣，這點就算是曉潔或鍾家續也沒辦法預料得到。

現在也只能走一步是一步了。

——於是，晚上七點到了。

曉潔守在陣邊，從這邊可以稍微看得到校園的狀況，不過因為現在宿舍都沒有人，也沒有燈光，因此看得不是很清楚。

正在曉潔還在想著，如果一直都沒有動靜，會不會連地逆妖其實已經跑出來了這邊都還不知道。

結果宿舍的方向立刻傳來了一聲咆哮，聽起來真的像是深山中憤怒的野獸一樣。

顯然是鍾家續在宿舍五樓佈下的靈體，稱職地在地逆妖甦醒破除封印的同時，對他展開攻擊。

來了！

曉潔這麼告訴自己。

終於，兩人要面對位在鍾馗派口訣中十二種靈體之首的逆了。

深呼吸一口氣，曉潔在腦海裡面重新跑一次流程，結果腦海中的流程還沒有跑完，一個身影以極快的速度，出現在空地的邊緣，讓曉潔跟鍾家續真的都看傻了眼。

從確定地逆妖甦醒的聲響到現在，還不到一分鐘啊！

照計畫曉潔先站在樹林邊，然後引地逆妖過來，等到地逆妖朝曉潔追過去的同時，鍾家續會看情況，站到對面開始跳鍾馗，一旦地逆妖回頭，讓他跟滅陣形成一直線的狀況之下，朝鍾家續過來就可以被滅陣吸住。

這就是整個作戰的計畫。

但是計畫是一回事，實際上的作戰又是另外一回事。

地逆妖以超乎想像的速度，從宿舍五樓一路朝曉潔這邊衝過來，原本照鍾家續的估計，至少也需要十幾分鐘以上，畢竟這些負責激怒與吸引地逆妖的靈體，不是只有縛靈一種而已，就算逆再強，應該也需要一點時間才能打倒這些靈體吧？

不過這種說法，完全是因為鍾家續根本沒有對付過逆。

眼看地逆妖幾乎不到一分鐘就出現在眼前，讓曉潔真的有點嚇到了，一回神才想到自己需要負責最後一個階段的引怪。

一路上一直被一些低階靈體攻擊的地逆妖，這時本來就已經怒火中燒了，看到曉潔的身影，一雙眼隨即直直瞪向她。

一人一妖四目一對，曉潔知道自己已經吸引了地逆妖的注意，立刻轉身，才剛轉身真的就傻眼了。

光是這速度，就已經遠遠超過兩人所能想像。

曉潔看到地逆妖還在一百公尺外的地方，回頭想要跑，一回頭那地逆妖非但已經追上了曉潔，甚至還繞到了曉潔的後面。

不要說引了，連路線都還沒有跑出來，光是一個轉身，地逆妖已經近在眼前。

這根本遠遠超出曉潔想像的範圍，因此一剎那間整個人愣在原地。

地逆妖模樣真的很恐怖，有著像老虎般的身軀，但是卻有著一張怪異的臉，眼睛有幾分像人，血盆大口卻有點像是鱷魚，那模樣根本就真的是四不像。

「小心啊！」眼看曉潔完全沒有反應，一旁的鍾家續大叫。

被鍾家續這一叫曉潔腿一軟，整個坐倒在地上，跌倒在地上的同時，臉上突然感覺到一陣強風，背後傳來一聲巨響。

定睛一看，原來剛剛因為雙腿一軟的關係，向後一倒的同時，地逆妖也伸出了前手，朝曉潔頭部一揮，結果被曉潔幸運躲過了這一抓。

而這一抓直接讓地逆妖的利爪，卡入了曉潔身後的樹幹之中，因此才會發出這麼大的聲響。

曉潔驚嚇之餘，終於真的回過神來，從地板上趕快爬起來，拔腿就跑。

身後的地逆妖將爪子抽出來，立刻追了上去。

曉潔只感覺到後面有一陣低鳴與吵雜的風聲，剎那間逼近自己，立刻向前撲倒，才剛撲倒那爪子又從後腦掠過去，力道之大這次完全沒有卡在樹上，而是直接把一旁的樹木挖出了一個大洞。

一連兩次曉潔都是有點靠著運氣才勉強躲過地逆妖的攻擊，讓曉潔真的是嚇破了膽。

另外一邊，鍾家續才剛把戲偶拿出來，地逆妖都已經到了。

這時看到曉潔被追，鍾家續當然不敢再拖下去，也顧不了那條應該站好的一直線，立刻開始跳起鍾馗。

鍾家續的腳才剛往前一踏，在另外一側的地逆妖立刻頭一仰，好像受到了傷害一樣，猛然一回頭，瞪向在另外一邊跳鍾馗的鍾家續。

地逆妖看到了鍾家續之後，整個身體一轉，在空中化成一道弧線，瞬間就跳到了鍾家續的面前。

不要說因為情況緊急，鍾家續並沒有讓自己跟滅陣與逆妖之間形成一條直線，就算是真的照著計畫走，以逆妖這種移動方式，根本也不會踏入滅陣之中。

不過地逆妖一跳走，相對地給了曉潔一點點喘息的空間。

這就是地逆妖的威力嗎？曉潔心中浮現出這樣的疑問。

這速度根本就不是一般人可以反應得過來的，光是看清楚他的模樣，就已經讓人眼花撩亂了，更不要說他在那種高速之下，所做出來的動作，根本真的是連看都沒辦法看清楚。

看著頭上那開了一個缺口的樹木，真的就好像被巨人的鋼牙咬掉了一塊一樣，讓曉潔難以想像如果剛剛那一爪抓在自己身上，會是什麼樣的情況。

恐怕當場會變得比鍾齊德還要慘的狀況吧？

不是對手，真的不是對手！

曉潔有了這樣的覺悟，同時也想到，地逆妖還算逆之中最弱的一種，就讓曉潔感覺到不寒而慄。

當年的阿吉，到底是怎麼對付這麼恐怖的對手的？

雖然曉潔知道阿吉強，不過看到這個對手，連曉潔都懷疑阿吉真的有那麼厲害嗎？竟然可以對付這麼恐怖的對手。

只是曉潔不知道的是，這就好像在看職棒比賽，透過轉播與鏡頭，看那些投手的球，看起來都很清楚，甚至好像很慢，但是實際上站上打擊區，速球的威力跟變化球的犀利，一般人恐怕連接都有問題了，更不用說用棒子打了。

在旁邊看跟實際上面對，本來就有很大的差距，不過這些曉潔現在完全沒有心情去體會。

這些感受，全部都是地逆妖跳到鍾家續那邊，才一股腦浮現出來的，不然在被他追著的時候，腦海裡面真的只有「會死！」兩個字而已。

另外一邊，地逆妖一跳到了鍾家續面前，雖然說沒有立刻出手攻擊，畢竟終究還是在鬼王鍾馗的面前，不過鍾家續的第二步卻怎麼也踏不下去。

看到這一幕，曉潔也知道，這是因為功力不足的關係。

曉潔這下終於了解到了，這就好像武俠小說裡面的功夫，都可以分成內力與外力。

現在兩人對付地逆妖的狀況，真的就好像內力不足，拳腳功夫也不行的情況，不管哪一個都遠遠不如地逆妖的功力。

所以現在的鍾家續一定需要幫忙，不然這鍾馗肯定跳不下去。

這是最不可思議的地方。

前一秒還嚇到完全沒辦法動作，但是下一秒卻能夠反應過來，這完全是因為面對逆妖的，並不是只有曉潔一個人而已。

在任何戰鬥之中，哪怕只是像球賽那樣的，有個隊友就可以分擔一點恐懼，那麼人自然而然就可以產生出勇氣，這樣的勇氣，可以激化一個人的內心，更可以一起面對更為強大，甚至遠遠超過自己的對手。

這點就連曉潔自己也沒有想到，只是單純看到了鍾家續那邊不行了，就立刻想到得要幫忙，另外一邊也是一樣，看到曉潔被追擊，也立刻開始動了起來。

如果今天兩人是各自單獨面對，恐怕也沒有辦法有這樣的反應。

因此即便前一秒還很恐懼，甚至不知道該怎麼跟這樣的對手戰鬥，不過下一秒曉潔站起身來，立刻朝自己的袋子跑過去，雖然很清楚這樣做的後果，不過如果不幫鍾家續，他的跳鍾馗肯定會破，到時候就真的一點辦法也沒有了。

所以曉潔不敢再猶豫，衝到袋子旁邊，拿出了法索、法傘，一手拿著傘，另外一隻手拿著法索，轉向了地逆妖，拿著法索的手，對準了地逆妖便抽了過去。

地逆妖專注在壓制著鍾家續，沒想到背後被人偷襲，連躲都沒有躲就被曉潔抽中了背。

地逆妖被抽到之後，立刻發出一陣怒號，轉過身丟下鍾家續，立刻朝曉潔撲過去。

當然曉潔在動手之前，就已經想過很可能會發生這樣的情況了，因此法索一抽，也不管有沒有抽到，另外一隻手立刻舉起了法傘，握住法索的手一感覺到抽到東西，曉潔二話不說立刻放開法索，將法傘撐開，當作盾牌一樣擋在自己面前。

法傘才剛撐開，一股強勁的力道立刻撞上了法傘，威力之強大，甚至把曉潔整個人都撞飛了。

這到底是什麼樣的恐怖怪物啊！被撞飛的曉潔，腦海只有這個感想。

一般的靈體，不要說撞法傘了，就連被法傘戳到或碰到，都會受到極大的損傷。

但是這地逆妖不但可以承受這種傷痛，還能用這麼大的力道把自己撞飛。

曉潔被地逆妖這麼一撞，整個人不但向後一飛，甚至飛到了森林裡面，看起來感覺真的像是被車子撞到了一樣。

看到地逆妖的威力，真的讓鍾家續也傻了。

這威力真的遠遠超過兩人的想像之外，現在不要說把地逆妖引到滅陣了，兩人現在連不被殺，恐怕都有困難了。

不過現在鍾家續根本沒有心思可以想那麼多了，就好像騎在虎背上，這鍾馗還是得跳，於是趁著地逆妖轉身對付曉潔的時候，集中精神，用力踩下第二步。

地逆妖終究還是妖怪，撞上了符傘之後，還是受到了些傷害，渾身發出了白氣，就好像是滾燙的鐵板被淋上冰涼的水一樣，水瞬間蒸發成水蒸氣般，籠罩著地逆妖的身軀。

在這種狀況之下，身後又有鍾家續的第二步攻擊，痛苦的地逆妖發出了怒號，轉身瞬間又跳到了鍾家續的面前。

這一次不只是讓鍾家續腳壓不下去，才剛踏下第二步，還沒準備抬腳的鍾家續，感覺到地上有一股強大的力量，把自己剛剛踏下去的腳，整個揚起來，即便重心已經向前傾了，還是沒辦法把那隻腳壓下去。

眼看自己整個重心都快要不穩了，鍾家續完全不敢想那麼多，後面的腳向前一抬，準備朝第三個方位踩下去。

但是地逆妖的攻力太過於強大，不但阻止了鍾家續踏下去的腳踩下去，另外一隻腳仍然被他抬著的情況，這一剎那間，鍾家續兩隻腳都沒有踏在地上，就這樣整個人懸在空中。

這是鍾家續不但前所未見，甚至是前所未聞的狀況。

跳鍾馗跳到雙腳騰空，這是什麼怪異的狀況，這還跳得下去嗎？

雖然很詭異，也從沒見過，不過鍾家續料想，跳鍾馗應該效力還在，不然不要說騰空了，在這麼近的距離之下，效力只要一消失，地逆妖說不定就可以讓自己整個人都身首異處了。

不過維持在現在這個狀況，就連鍾家續都不知道該如何是好，在空中根本沒辦法施力，甚至連如何往下壓都不知道了。

另一方面，曉潔被撞入樹林之中，整個人重摔在地上，還好這裡的土質還算鬆軟，也沒什麼碎石與石頭，雖然很痛，不過不至於受到重傷。

從地板上爬起來的曉潔，走出樹林就看到這詭異的景象。

只見地逆妖拱起了背，張大了嘴感覺就好像受驚嚇的貓面對威脅時的模樣，而鍾家續卻是一臉驚恐地騰空站在地逆妖的前面。

雖然到底為什麼會變成這樣，曉潔不是很理解，不過現在的鍾家續，肯定比先前還更需要協助，因此曉潔打算再來一次，天曉得，說不定靠這樣前後夾擊，真的可以打倒他也說不定。

而且除此之外，曉潔也實在想不到其他可以幫忙鍾家續的辦法了。

於是曉潔拿著法傘，跑到剛剛的地方，撿起扔在地上的法索，對準了逆妖，再度抽出法索。

這一次曉潔同樣抽出的同時舉起法傘，抽中的同時法索一扔，傘一開，或許是因為已經做過一次的關係，曉潔做得很順手，誰知道曉潔這邊順手，地逆妖那邊的速度也更快，結果傘還沒開全，就被地逆妖整個撞了過來。

曉潔立刻又被撞飛，而且更糟糕的是，這一次連法傘都被撞爛了。

至少同樣的辦法，沒辦法再來一次了。

而且地逆妖這次的力道，比上一次更大。

不過正是因為曉潔這一下，那股將自己騰空的力道也頓時消失，鍾家續終於腳踏實地，回到了地面。

看著飛在空中的曉潔，鍾家續也知道需要立刻支援，立刻二話不說，向前踏出第四步。

只是這一次，地逆妖已經看穿了兩人的計謀，在鍾家續踏出第四步的同時，地逆妖因為疼痛扭了一下脖子的同時，雙眼還是緊緊盯著飛走的曉潔。

曉潔又一次摔入森林之中，鍾家續看地逆妖還是看著曉潔的方向，立刻踏出第五步。

因為心急的關係，這一步猛然踏下去，腳步差點不穩，畢竟心急加上用力的結果，真的有點亂了。還好最後方位沒有歪掉，不然整個跳鍾馗也就此告終。

不過，這個結果也讓鍾家續不敢再貿然踏出第六步。

這時地逆妖看準了曉潔的方位，猛然一跳，整個朝曉潔的方向撲過去。

根本還來不及動作的鍾家續，只能眼睜睜看著地逆妖，撲進森林之中。

完了……

就連鍾家續都知道，曉潔絕對不可能擋得住這一次地逆妖的襲擊。

既然地逆妖已經打定主意要先對付曉潔，那不管鍾家續這邊怎麼跳，可能都沒用了。

而且剛剛被一連撞擊了這麼多次的曉潔，此刻說不定連站都還沒站起來，這次真的死定了。

就在鍾家續這麼想的時候，一個女子吆喝聲，突然從森林那邊傳來。

「喝啊！」

原本還以為，這是曉潔死前的豪邁喝聲，讓鍾家續心中一凜，心想用吆喝聲來結束這一生，真的也太豪情萬丈了吧，當真是女中豪傑啊！

不過下一秒，森林一動一個黑影竄了出來，撲倒在地上，一開始想說這地逆妖還真狠，故意把曉潔的屍首拋出來，意圖要威嚇自己，誰知道定睛一看，被打出來撲倒在地上的竟然是地逆妖。

這讓鍾家續嚇了好大一跳，整個看傻了眼。

就在鍾家續還不清楚到底怎麼回事，曉潔哪來這神威把地逆妖打出來的時候，一個聲音又從森林裡面傳來。

「我說曉姑娘啊，」那女子的聲音聽起來不太像是曉潔的，「妳這程度也跳太大了吧？上一次不過是小小的魅靈，這一次……嘖嘖嘖，這可是逆妖啊！」

當然，鍾家續還是一頭霧水，不知道到底是哪來的幫手。

這時從封好校園趕回來看看狀況的亞嵐，才剛趕到光是聽到那聲音就知道了，那是鍾靈，鍾馗祖師的妹妹，也是鍾馗派女道士們，最後的保命絕技。

「曉潔請了鍾靈上身了！」亞嵐衝到一旁，對還在狀況外的鍾家續叫道。

聽到亞嵐這麼說，鍾家續知道，本家最大的優勢出現了。

是的，可以請到祖師爺或者是鍾靈上身，就是本家最大的優勢，這點是鬼王派沒辦法做到的。

雖然聽說在某種相當困難且特殊的條件之下，可以請到鬼王鍾馗上身，不過一來從來不曾有人做到過，二來也絕對不是像本家那樣，一有困難就可以請得出來的。

正因為對鬼王派來說，這完全不是一件可行的事情，因此鍾家續也沒有想到還有這招可以保命，甚至不知道原來曉潔可以做得到這樣的事情。

如果時間往前一個禮拜，自己在么洞八廟跟曉潔對決的時候，曉潔突然來這一招，自己肯定無法招架，當下絕對會感覺到氣憤，因為有種賴皮的感覺，但是也莫可奈何。

但是出現在現在，鍾家續當然精神為之一振，這樣一來戰局肯定會不一樣，心情也終於從絕望的深淵探出頭來。

只是鍾靈確實有實力可以打倒逆妖，不過請鍾靈上身，鍾靈的力量也是隨著曉潔的功力而定。

就像是肉體沒辦法跳到三層樓，即便鍾靈力量再大，也沒辦法跳上三層樓。

另外一個重點就是時間，請鍾靈上身的時間，完全得看曉潔的功力，功力越強，時間越長，而且鍾靈一旦用了功力跟逆妖打，時間也會跟著縮短。

不過不管怎樣，現在的曉潔確實因為鍾靈上身而使得情況逆轉。

曉潔緩緩地走出了樹林，沐浴在月光下的曉潔，或許是心理作用，不過不管是亞嵐還是鍾家續，都覺得完全像是變了一個人。

明明一切都一模一樣，但是這種感覺卻很強烈。

不只有兩人這麼感覺，被打倒在地上的地逆妖，肯定更是有這種感覺。

這時的地逆妖，已經從地上扭起身子，一雙眼睛直直瞪著曉潔，就好像看到什麼天敵一樣。

鍾靈上身的曉潔，嘴角浮現一抹不可一世的笑容，氣定神閒地凝視著拱起背的地逆妖，看起來真的就好像飼主跟寵物之間的嬉鬧一樣。

「別看傻啦，」鍾靈上身的曉潔對鍾家續說：「接著跳啊。」

在鍾靈的催促之下，鍾家續才回過神來，準備繼續跳，誰知道腳還沒抬起來，卻突然被鍾靈打斷。

「等等！」

鍾靈伸手阻止了鍾家續，轉過頭來看著鍾家續，並且朝他走過來。

鍾靈上身的曉潔一路打量著鍾家續，來到了他的面前。

「哇……」鍾靈搖搖頭說：「時代真的不一樣了。」

想不到鍾靈竟然完全不管地逆妖，逕自走到了鍾家續面前，讓亞嵐跟鍾家續都有點傻眼了。

「鬼王派……」鍾靈冷冷地笑著說：「好久沒看到你們出沒了，而且你身上的味道，好熟悉啊……我們家的人？」

聽到鍾靈這麼問，亞嵐這才想到，對！鍾家續是鍾家的人，換句話說，鍾家續跟眼前這個鍾靈，是有親戚關係的，當然是很——遠的親戚關係，不過，還是親戚關係啊！

這是亞嵐第一次羨慕起鍾家續的身世，能夠有這麼酷的親戚。

看到這場景，當然除了亞嵐跟鍾家續之外，就連地逆妖也有點愣住了。

眼看鍾靈注意力轉到了鍾家續身上，地逆妖趁機轉身跳入樹林之中。

「啊！」亞嵐注意到地逆妖的動作，叫出聲來。

「晚點再說……」

鍾靈話還沒說完，就轉身追過去也衝進去森林之中，速度也很快，甚至到了兩人難以置信的速度。

當然這是曉潔肉體上的極限，如果曉潔再結實、壯碩一點，說不定速度還可以更快。

鍾靈衝進去過沒多久，就聽到猛獸哀號的聲音，地逆妖又竄了出來，朝另外一邊跑，結果跑沒幾步，又被衝出來的鍾靈追上，被打了一拳之後，轉身又朝另外一邊跑。

雙方就這樣一直來回著進行你跑我追的競賽，亞嵐看得是十分過癮，不過情況實際上卻很糟糕。

沒辦法控制住地逆妖的亂竄，加上地逆妖死不肯跟鍾靈正面衝突，時間一分一秒流逝，感覺曉潔的力量已經快要撐不住了。更糟糕的是，這點彷彿也被地逆妖知道了，只見他東躲西藏，完全不跟鍾靈正面交鋒，大概就可以猜到了。

「真是氣死人了，」鍾靈上身的曉潔叫道：「沒見過這麼膽小的逆妖，竟然一直躲，我快要離開了！」

這時亞嵐才想到，三人的計畫。

「鍾靈姊！」亞嵐對著曉潔叫道：「那邊有滅陣，把他趕進去就可以了。」

「唷？這還真是不可思議。」

曉潔轉過來看了滅陣一眼，臉上充滿驚奇，畢竟上了曉潔的身，自然很清楚曉潔有幾兩重，以這樣的功力佈下滅陣，讓鍾靈很感驚訝。

不過仔細瞄了一眼，臉上露出了一點不以為然的表情說：「原來是人滅，好吧，湊合著用吧。」

曉潔說完之後，朝反方向一跳，順手把地上的法索抓起來，三兩下追上了地逆妖，揮動手上的法索，逼迫地逆妖改變了方向。

就這樣一路把地逆妖朝滅陣的方向逼了過去，似乎也聽懂了剛剛亞嵐說的話，地逆妖一直不願意靠過去滅陣那邊，不過在法索與鍾靈的進逼之下，仍然一步步朝著滅陣過去。

知道時間有限的狀況之下，鍾靈加快手上的法索，一左一右來回抽著，眼看沒有退路了，地逆妖牙一咬，朝鍾靈撲了過去。

終於好不容易等到了地逆妖衝上來，這一下鍾靈還真的是等很久了，手一振凌空先抽了地逆妖一鞭，跟著腳一抬，對準了地逆妖的臉一踹，地逆妖就被踹到了滅陣上面。

「帥！」在一旁看著的亞嵐大叫。

將地逆妖踹進去之後，曉潔突然轉頭看著亞嵐，笑著說：「幫我跟曉姑娘問聲好。」

接著身子一軟，曉潔也軟倒在地上。

而就在這個時候，人滅陣雖然說威力不是很大，不過也確實發動了。

一開始，人滅陣啟動的同時，瞬間將地逆妖的腳吸了進去，而地逆妖就好像掉到流沙中的動物一樣，拚命地掙扎，想要阻止自己被吸進去。

在被地逆妖撞入森林中的曉潔，感覺自己全身好像都被撞散了，知道這樣一摔，自己說不定會暈過去，所以還在空中就想起了，在這種危急萬分的時刻，自己還有一個保命的辦法，於是立刻請鍾靈上身。

接下來發生的事情，曉潔沒什麼印象，再張開雙眼的時候，就看到了地逆妖在人滅陣之中掙扎的模樣。

「成功了？」

這時跳鍾馗也告一段落的鍾家續，來到了滅陣旁邊，對於曉潔的問題，鍾家續實在很難有答案。

畢竟成功是成功了，他們確實將地逆妖引到了滅陣之上，不過地逆妖卻一直沒有完全被吸進滅陣中，一直不斷掙扎。

而且相比剛剛瞬間被吸進去時候的狀況，現在的地逆妖好像身體都快要出來了。

因此實在很難回答成功這兩個字。

「不行，」鍾家續看狀況越來越不對：「這樣下去，他會爬出來。」

有了這樣的想法，讓三人都緊張了起來，不過一時之間，還真的不知道該怎麼辦，畢竟只要一靠過去，不管是誰都有可能被吸進去。

鍾家續也知道這一點，不過他四處張望，想要找找看有沒有長一點的東西，這時看到了地上曉潔先前拿來抽逆妖的法索。

鍾家續二話不說，撿了起來之後，要曉潔跟亞嵐退後，兩人退後一點之後，鍾家續對準了逆妖，舉起法索猛力一抽。

與曉潔不一樣的是，法索可是鍾家續從小到大就很熟悉的法器，因此使用起來絕對不輸曉潔順手，這一抽凌空發出的聲響，以及準確度都不在話下。

法索重重地抽中了地逆妖，誰知道逆妖突然伸手一抓，也抓住了法索，受到傷害的同時，將法索一扯，鍾家續根本沒半點準備，整個人就被扯過去。

而法索的傷害，確實也讓地逆妖失去了抵抗力，終於被吸入了滅陣中。

只是被扯過去的鍾家續，雖然趕緊放開法索，但還是慣性朝滅陣飛過去，連掙扎的機會都沒有，就撞入了滅陣中，消失得無影無蹤。

由於這一切真的發生得太快，曉潔跟亞嵐幾乎完全沒有半點反應，就眼睜睜地看著鍾家續被吸入滅陣中。

3

就在昨天，鍾家續準備出門的時候，被自己的父親攔了下來。

對於自己兒子如此執迷不悟的決定，鍾齊德感到萬分失望。

這些年來鍾齊德對自己兒子鍾家續的期望只有這麼一個，就是希望他可以小心謹慎、忍辱負重，就好像當年的越王勾踐臥薪嘗膽那般，讓自己的家族再度茁壯起來。

這正是鍾齊德為鍾家續取這個名字最大的意義。

然而今天，他一點都沒有做到。

衝動、不計後果的行為，真的讓鍾齊德感覺到失望。

因此鍾齊德打算，用拳頭讓鍾家續留下來。

「既然我怎麼說你都聽不懂，那就用武力看看你會不會比較聽得進去！」

即便鍾齊德動手，感覺起來像是偷襲，不過在鍾家續放下背包與戲偶的同時，就已經有覺悟父親會動手了，因此即便鍾齊德來得突然，鍾家續也還是躲得開。

雖然說鍾家續並不想要這樣跟自己的父親衝突，但是現在鍾齊德已經出手了，根本沒有給鍾家續猶豫的空間，因此鍾家續也只能盡全力上，只有這樣才有可能跟功力超越自己很多的父親對抗。

因此略退一步之後，鍾家續立刻用逆魁星七式向前攻，鍾齊德架著拐杖，看到鍾家續衝過來，揮動手中的拐杖，逼得鍾家續不得不向後退。

鍾家續一退，鍾齊德單腳向前一躍，儼然就是個逆魁星七式的招式。

像這樣將拐杖融入逆魁星七式之中，是鍾齊德這幾十年來努力之下的結果。拐杖就彷彿他失去的那隻手一樣，在很多情況之下，補足了他所缺的一隻手與一條腿。

雖然躲過了拐杖，但是卻躲不了夾著拐杖之勢向前衝過來的鍾齊德，鍾家續想要再躲，但是已經來不及，一個巴掌紮紮實實地打在了他的臉上。

啪的一聲，讓鍾家續又氣又驚，都已經多大的人了，即便是自己的父親，這一巴掌打得如此響，還是讓鍾家續感覺到羞辱。

雖然這一巴掌打得響，也讓鍾家續感覺到怒火中燒，不過他也注意到了，剛剛那一下，父親的拐杖因為被牆壁擋到，最後有點卡住的關係，導致鍾齊德雖然打了自己一巴掌，不過踉蹌沒有辦法站穩，導致也僅止於此，拐杖必須要趕緊撐在地上，幫助自己的平衡。

兩父子從來不曾在這個狹窄的走廊上交手過，因此這個狀況恐怕就連鍾齊德也沒有料到。

在這種狹窄的地方，對用拐杖當作輔助的他很不利，認知到這點也是在這一巴掌之後。

不過鍾家續沒給鍾齊德太多時間考慮，立刻貼著牆壁朝鍾齊德攻了過去。

這已經不是出門不出門的問題了，而是這一巴掌的羞辱，至少也要在鍾齊德手上贏得一招半式，才能挽回一點顏面。

鍾齊德見了，立刻將拐杖一橫，打向鍾家續，不過因為牆壁的關係，鍾家續連躲都不用躲，就因為角度的關係，讓牆壁幫自己擋了一下，鍾家續趁機拉近了兩人的距離，一拳朝父親的胸前打過去。

不過鍾齊德反應更快，向後一退的同時將拐杖朝自己一拉，反而打中了鍾家續的後腦勺。

雖然力道不大，不過鍾家續確實被這一手給嚇到了。

只是這一下雖然鍾家續沒有討到便宜，不過至少也讓雙方了解到了在這狹窄的走廊之中，鍾齊德的拐杖確實不容易施展開來。

鍾家續便利用這點，繼續朝父親攻過去。

雖然鍾齊德此刻的拳腳功夫，還在鍾家續之上，不過礙於走廊的狹窄，確實有好幾次，都被鍾家續逼近，差點就打到他。

當然鍾家續利用牆壁與走廊的狹窄，鍾齊德早就看在眼裡，或許這些對橫揮的拐杖很有影響，不過如果把拐杖像是直槍一樣用刺的，可就完全沒有影響了。

鍾齊德這麼想的同時，抓住了鍾家續的一個空檔，將拐杖向後一拉，然後狠狠地朝鍾家續刺了過去，刺出去的同時，鍾齊德也準備如果鍾家續躲過或者是擋住，到時候只要手一舉就能將手肘打出去，儼然就是魁星七式的其中一個強力攻勢，攻向鍾家續。

殊不知，鍾家續正是在等這一刻，等著父親的拐杖從橫揮變成直刺。

雖然少了牆壁這個阻礙幫忙，直刺的速度更快，不過相對地鍾齊德會露出的破綻也大。一般來說，靠著直刺把敵人刺倒或者是逼退，絕對可以補足這個破綻。

不過因為鍾家續有了心理準備，因此用轉身的方式，躲過直刺的同時，用背與肩將拐杖撞開，撞開拐杖之後，鍾家續不退反進，縮短了兩人的距離。

沒有料到鍾家續會用這麼驚險的方法來躲避拐杖，鍾齊德知道的瞬間手已經舉起來，看到鍾家續攻過來，雖然立刻改變接下來的攻勢，將高舉的手直接劈下來，不過已經無法阻止自己的破綻被鍾家續攻擊的命運。

父子之間的對決，最後的這一下，就這樣結束了。

鍾齊德的手刀劈在了鍾家續的肩膀，不過因為位置太過於接近，只有手臂的部分打在肩膀上，但是鍾家續的拳頭，卻是直直地停在鍾齊德的胸膛。

如果兩人是玩真的，不是這樣比試的話，雖然會是個兩敗俱傷的局面，不過比起鍾家續來說，鍾齊德受的傷可能會更重，因此很明顯的這次交手，勝負已經很清楚了。

或許是沒想到自己的兒子，竟然會如此執著，為了幫一個女人，而不惜跟自己動手，也或許是徹底感受到鍾家續的決心。

不管因為什麼原因，這是鍾家續有生以來第一次，在跟父親的比試之中，取得了優勢，真正贏過了自己的父親。

比起在這之前，自己光是想要通過父親的測驗，就已經夠辛苦的狀況，自己這一年的磨練與鍛鍊，有了很明顯的成長。

如果這是在平常的情況，或許鍾齊德會為鍾家續有如此的成長，感到高興。

不過現在鍾齊德卻完全高興不起來，沉著一張臉，凝視著這個為了女人而第一次打贏自己的兒子。

然而輸了就是輸了，鍾齊德知道，現在不管自己說什麼，都無法動搖鍾家續的心了。

鍾齊德用手撐著牆壁，仰著頭，沉痛地緊閉著那孤獨的一隻眼睛。

鍾家續揹起了背包，扛起了本命戲偶，頭也不回地朝大門走。

臨走前，身後傳來父親的話。

「你終有一天，會死在那女人的手上。」

4

甩甩頭，勉強眨了幾下眼睛，鍾家續愣愣地看著眼前這詭異的景象。

明明就是同樣的景象，但是卻可以明顯感覺得到氣氛變得非常不一樣。

鍾家續非常清楚，自己入滅了。

一認知到這點的同時，內心也感覺到絕望。

先別說曉潔如果現在在外面破了陣，自己還沒逃出去，就得要跟這個陣一起被消滅，光是逃出去這件事情，對鍾家續來說，可能都是一件不可能的任務了。

……這就是自己執著的代價嗎？

當然這完全是計畫之外的事情，雖然說這個滅陣，是自己與曉潔兩人合力完成的，但是對於滅陣裡面的情況，鍾家續完全一無所知。

即便當年跟著鬼王派的祖師爺一起離開鍾馗派的道士之中，也有十二門裡面滅的專家，不過這些年來，鬼王派的人根本就沒辦法記住原始的口訣，早就不知道滅裡面長什麼樣子了。這是因為鬼王派一旦入了魔道，在聽到口訣的時候，都會產生魔悟，在這強力的干擾之下，根本記不住原始的口訣。

鍾家續根本沒想過自己會入滅，畢竟滅多人為，要遇到天然形成的，機率很低，而佈下滅陣，除了要道行之外，更重要的是方法。在缺少控制鬼魂的辦法情況之下，本家也應該早就沒辦法佈下滅陣了。

只是沒想到的是，鍾馗派先後出了劉易經與呂偉，補足了許多口訣，研究出滅陣的佈法，才讓滅陣得以重出江湖。

而曉潔就是照著呂偉道長的口訣，加上鍾家續提供的靈體處理掉更為困難的滅之主的部分，佈下了滅陣，至於能不能奏效，就連曉潔自己也不知道。

不過現在看起來，滅陣是真的成功了，只是鍾家續一起被吸進來，絕對不是計畫中的一環。

鍾家續站起身來的同時，腦海裡又浮現出父親說過的話。

「你終有一天，會死在那女人的手上。」

看樣子，事情真的是如此了。

雖然說這不是曉潔的本意，更不是鍾家續的本意，不過陣是曉潔佈下的，當然現在還在外面的曉潔，也可以把陣給關了，照原定計畫那樣，把地逆妖跟陣一起消滅，同在陣裡面的鍾家續自然難逃一死，說到底終究還是應驗了父親的話。

更何況，就算曉潔不把陣破了，自己也不可能逃得出去。

雖然說不知道該如何逃出滅陣，不過滅陣裡面大概有什麼情況，鍾家續當然也知道。雖然有離開的出口，不過出口的位置，會隨著時間變化，而且裡面會出現所謂的魑魅魍魎這些靈體，加上這次當成滅頭的靈體，更是寒假時候在地下街好不容易聯合兩人之力才收服的天惑魔。

光是陣本身就已經充滿危險，生存無望了，更糟糕的是，在這個滅陣裡面，還有一個地逆妖也進來了。

不要說不知道出口在哪裡，就算知道，鍾家續也很難到得了。

想到這些，鍾家續心中有了死的覺悟。

平常還可以算是靈活的腦袋，現在卻是一片空白。

通往生存的道路困難重重，多到鍾家續甚至不知道該從何開始解決。

說不定一刀刎頸自盡，還算比較簡單，也死得比較痛快一點。

偏偏連這點自暴自棄，自己都做不到，因為手邊根本沒有可以拿來自刎的工具。

面對這人生有生以來遇到的最大劫難，鍾家續感到自己的無力與渺小。

儘管多次敗給曉潔，但是鍾家續的內心深處，其實都知道自己並沒有使上全力，更沒有真正面臨過死亡。

即便過去有些驚險，但是說穿了，以機率來說，過去不管面對到什麼樣的危難，雖然有死亡的可能，但是同樣的存活下來的可能性也不低。

從來沒有一次的危機，像這次一樣絕望，光是想要存活下來，就已經讓鍾家續不知道該從哪裡下手。

看了一下四周的環境，鍾家續試圖讓自己冷靜下來，目前自己在的位置，應該跟剛剛佈滅陣的地方差不多。

可是知道自己現在所在的位置，又如何呢？出口不見得就是在佈下滅陣的位置，不是嗎？不。

鍾家續甩了甩頭，再這樣想下去，自己不但寸步難行，而且很可能會瘋掉。先有個目標，然後四處看一下，總好過在這邊坐以待斃。

看了一下地板，佈滅陣的地方並沒有任何滅陣的痕跡，不只如此，就連曉潔的包包也沒有放在那個地方。

唯一一起進來滅陣的就只有自己身上的東西，鍾家續看了看自己的口袋中，還有些符可以用。

至少現在確定，這個地方應該沒有出口，那麼現在也只能四處看看了。

不用擔心迷路，又或者是說，這裡根本就沒有所謂正確的路。

沒有所謂的對錯，既然如此的話，鍾家續轉過頭看著剛剛曉潔被地逆妖打進去的森林。

那就去那裡看看吧。

鍾家續握著幾張符，然後走入森林之中。

原本還以為，反正橫豎都搞不清楚方向，走進森林中，或許東看看、西瞧瞧，彷彿到處都有點蹊蹺，比空曠一望無際的空地好，現在這種時候看著空地反而有種空虛的絕望感。

誰知道進入森林之後，走不到幾分鐘，就走出森林了。

這完全是不合理的事情，因為在佈陣的時候，鍾家續有看過這片森林，沒有那麼短就到另外一片空地。

這應該就是空間錯亂的關係。

正當鍾家續這麼想的時候，以前的景象突然讓他愣了一下。

只見走出森林之後，來到了一個看起來像是座湖的地方，不過這還不是讓鍾家續愣住的原因，真正讓鍾家續愣住的原因，是湖的旁邊，竟然站著一個人。

這裡是……對了，曉潔提過，這裡附近有座湖。

鍾家續想起了這點，不過這完全不能解釋，為什麼湖邊會站著一個人。

對於滅，鍾家續所知甚少，知道的都是滅陣外面的東西，對於滅陣裡面的模樣，不是很清楚。不過再怎麼說，也有一些基本的認知。

至少，滅裡面有的只有魑魅魍魎，有人都是一起被吸進來的人，這點鍾家續還知道。

因此從目前的情況看來，不可能會有「人」才對。

既然這樣的話，眼前這個如果不是滅魅的幻覺……

等等。

鍾家續立刻想到了，這個滅陣之主，就是曉潔用自己最好的一張符來作為滅主所形成的。

換句話說，這個滅主是天惑魔。

因此這個滅陣裡面，也絕對會有天惑魔最擅長的手法。

所以，眼前的這個人，很可能就是這種手法之下的產物。

就在鍾家續想到這一點的時候，這個男人最有可能的身分也浮上了心頭，與此同時，男子似乎也感覺到了鍾家續的存在，緩緩地轉過身來，將手舉了起來，擺出了一個姿勢。

這個姿勢，徹底證實了鍾家續心中的想法。

那是魁星七式的起手式，也正是鍾馗派正統傳人的最佳證明。

沒錯，這傢伙是鍾馗派的道士。

而且如果沒有錯的話，這傢伙不是別人，而是鍾家續心中最大的仇敵與恐懼，呂偉。

第10章・逃出生天

1

一切都是天惑魔搞的鬼。

意識到這一點之後，鍾家續也大概猜到了男子的身分。

惑魔最擅長的就是讀取他人心中的恐懼，比起那些本身就在滅陣裡面的滅魅來說，惑魔不但可以將人內心中最恐懼的對象反射出來，而且更恐怖的是，那個反射出來的對象，在天惑魔的加持之下，還會跟你想像中的一樣強悍。

而如果要鍾家續捫心自問，到底誰才是自己心中最大的恐懼，恐怕答案會跟他的老爸一樣——呂偉。

畢竟對鍾家續來說，父親鍾齊德的強弱，鍾家續最清楚，能夠把這麼強悍的老爸與聽老爸說還在老爸之上的爺爺，打到一死一重傷的呂偉，無疑也是鍾家續想像中最強悍的敵人。

同樣都是在滅陣中遇到呂偉道長，這個呂偉道長可絕對比阿吉過去在滅陣中遇到的呂偉道長還要強上很多倍，真的是鍾家續想像中有多強，這個呂偉道長就能有多強。

當然……前提是這個道長真的是呂偉道長。

可是這麼想還是有很多地方不合理，因為先不要說呂偉的長相，光是這一身打扮如果不是對方擺出魁星七式的起手式，自己也不會把他當成一個道長。

早知道自己也會入滅，鍾家續絕對不會拿這麼恐怖的符來當作滅主。

不過千金難買早知道，現在後悔也來不及了。

既然對方已經擺出了這樣的姿勢，自己也絕對不能在這裡被擊倒。

雖然說連鍾家續都不知道這樣垂死掙扎有什麼意義，不過不管怎樣，就是不願意乖乖束手就擒。

尤其對方很有可能就是呂偉的情況之下，就算要死，說什麼也要把他拖著當作墊背，即便他只是折射出自己內心恐懼的幻影也一樣。

這麼想的鍾家續，也抬起了手，擺出了逆魁星七式的起手式。

「來吧！」鍾家續咬牙切齒地叫道。

鍾家續咆哮了一聲，立刻朝呂偉衝過去。

一招打過去，呂偉幾乎不費吹灰之力地躲了開，順勢一掌就朝鍾家續攻過來。

鍾家續當然心裡早就有所準備，畢竟這個呂偉就是自己心中想像的呂偉，自然不會就這樣被自己打倒，所以側身躲過這一掌之後，立刻回擊。

雙方就這樣你來我往地打了起來，不過才交手幾回合，鍾家續立刻感覺到這個呂偉跟自己心中想像的不太一樣。

鍾家續沒有見過呂偉，所有對呂偉的印象，全都來自於自己的父親鍾齊德。

在鍾齊德的形容之下，呂偉的速度極快，動手的時候臉扭曲成一團，感覺非常恐怖，力量奇大、下手超狠。

不過這個呂偉的速度並沒有到那種極快的地步，是很快沒有錯，但是還不至於到自己想像中的那種出手連看都看不見的地步，力量也是，雖然打從一開始鍾家續這邊就很忌諱對方的力量，所以盡可能不跟對方有所接觸，但是兩人短兵相接的情況之下，對方速度與反應又快，根本不太可能完全沒有接觸，連續幾次擋下對方攻擊的同時，感覺到的力道，也不像自己想像的那樣，一掌就可以把人打飛。

不過這些都還在其次，最讓鍾家續感覺到詭異的地方，也是這個呂偉跟自己心中呂偉最不一樣的地方，就是在於雙方交手的時候呂偉臉上的表情，非但一點也不猙獰，而且嘴角還隨時揚起一抹微笑。

那感覺真的很怪，如果不看鍾家續，只看呂偉的臉部表情，真的會覺得兩人只是在練習，或者是在玩什麼遊戲，甚至排演舞台劇之類的狀況。

可是鍾家續這邊可是卯足了全勁，畢竟現在的對手可是心中的呂偉啊，加上腎上腺素的催化，此刻的鍾家續絕對比先前跟曉潔動手比武的情況之下，速度還要更快，下手還要更狠。

不過即便如此，還是對眼前這個呂偉一點辦法也沒有。

甚至有好幾次，如果不是感覺呂偉這邊手下留情，自己說不定已經被打倒了。

因此兩人越打，鍾家續的腦袋就越混亂，對眼前這個跟自己交手的鍾馗派道士真實的身分，也越感懷疑。

不過除了呂偉道長之外，鍾家續實在想不到到底還能是誰。

雙方越打越激烈，不過戰況也越來越清晰，鍾家續完全不是這個鍾馗派道士的對手，鍾家續甚至開始意識到，這一切對這個鍾馗派道士來說，只是一場遊戲的感覺。

可是現在是在滅裡面，對方又是功力如此高強的人，鍾家續也不敢收手，深怕自己一退，就被對方給殺了，因此也只能繼續猛攻，希望可以從裡面找到一線生機。

不過鍾家續的體力完全跟不上自己的意識，這樣幾乎用盡全力般的猛烈攻防，讓鍾家續的體力很快就耗盡，雙手雙腳有點因為體力不支而感到遲鈍。

果然才剛感覺到身體跟不上自己的想法，下一步立刻因為腳步沒有站穩，整個人向後踉蹌了一步。

在這種激烈攻防戰之中，發生這種失誤，根本就是給了對方最好的攻擊機會。

為了維持身體的平衡，鍾家續向後一仰，雙手一攤，穩住了自己的腳步，但是這樣一來，等於毫無防備地站在敵人面前，讓敵人打。

死定了！

鍾家續嚇到臉色立刻變得慘白，站穩腳步的同時，有了這樣的覺悟。

但是對方卻意外地沒有立刻衝上前來給自己致命的一擊，愣了一會，鍾家續也管不了對方為什麼沒有攻上來，立刻向後一滾，想辦法先拉開兩人的距離。

拉開距離之後，鍾家續從地上一挺，順勢站了起來，雙眼立刻緊緊地盯著那個鍾馗派道士。

只見那鍾馗派的道士，站在那裡沒有動作，雖然臉是朝著鍾家續這邊，不過視線卻似乎有點偏。

而就在鍾家續感覺那道士看起來好像是在看自己身後的時候，內心一凜立刻轉過頭去，果然見到了那個地逆妖。

只見地逆妖的嘴角不住抽搐，看起來就好像壓抑著心中無比的怒火般，身子也整個弓了起來。

確實，如果不是這個鍾馗派道士突然出現的話，這個地逆妖應該才是整個滅裡面，鍾家續最不想遇到的對象。

現在的地逆妖，恐怕因為被人弄進滅中，憤怒到了極點吧？

看到地逆妖那模樣，鍾家續知道自己這次可能真的回天乏術了。

前有鍾馗派道士，後有地逆妖，恐怕就算是讓鍾家續想，也想不到自己會陷入這無比的困境之中。

沒有給鍾家續太多思考的空間，地逆妖發出了驚人的咆哮聲，然後朝鍾家續這邊撲了過來。

2

時間彷彿靜止了一樣。

場面從原本的混亂至極，瞬間變成鴉雀無聲的絕對寧靜。

曉潔跟亞嵐看著滅陣，愣在原地不知道經過了多久。

情況完全出乎兩人的意料之外，那感覺真的可以說是從天堂掉到地獄。

從看到自己佈下的滅陣真的發揮了功效，吸入地逆妖，一切都好像照著大家的計畫走，結果最後一刻，卻是如此恐怖的結果。

連鍾家續也一起被吸進去了……

雖然說，自己佈下的滅陣，絕對沒有阿畢所佈下的那麼恐怖，畢竟兩人之間的功力就差了一大截，不過滅陣終究是滅陣，還是有著最基本的功能。

事實上，三人就是看中了這個功能，才會選擇用滅陣來對付地逆妖的。

現在連鍾家續也被吸進去，實在是始料未及，因此看到那一幕，不管是曉潔還是亞嵐都傻眼了。

愣了好一陣子之後，兩人回過神。

「現在……該怎麼辦？」亞嵐哭喪著臉問：「他會自己出來嗎？」

「是有這個可能，」曉潔說：「理論上可以，不過實際上，那還必須是要對滅陣很熟悉的人，才有那麼一點可能性可以做得到。」

「那鍾家續……」

「不可能，」曉潔說：「他根本不清楚裡面的狀況，說不定連活下來都有困難。」

這倒不是看不起鍾家續，而是對一個沒有背過呂偉道長的滅陣口訣，或者是真的對滅陣有一定了解的人，陷入滅陣中，想要活著逃出來，機率真的非常低。

尤其是這個滅陣裡面，還有地逆妖這種恐怖的靈體，怎麼想都覺得不太可能活著出來。

就算是熟悉滅陣的人，在這種情況之下都很難逃脫了，尤其是在滅陣完好無缺的情況下。

記得當時阿吉在教曉潔滅陣的時候也有提到，不要看頑固老高記憶力不好，口訣記得亂七八糟，再怎麼說，他也是從滅陣中逃出來過的男人，光是這點就讓許多想要趁機滅掉南派的鍾馗派道士，不得不認同他的實力。

雖然比不上他的師兄劉易經，但是頑固老高的功力，也是靠著多年的修練累積而來的。

不管是曉潔還是鍾家續，光是功力這一點就遠遠不如頑固老高。

在突然看到鍾家續跟著地逆妖一起被吸進去的時候，確實曉潔有點慌了手腳，不過現在在回答亞嵐問題的同時，大腦也逐漸冷靜下來。

對，光靠鍾家續一個人，絕對不可能逃出來。

冷靜下來之後，對應的方法也一個個出來。

「我要先跳鍾馗。」曉潔告訴亞嵐。

不管要不要直接破陣，跳鍾馗都是最基本的一環，畢竟對曉潔或鍾家續來說，兩人的功力都不到可以直接破陣的地步，所以絕對需要靠跳鍾馗來削弱一下陣的威力。

只是原本這個環節，計畫是由鍾家續來執行，曉潔會等到鍾家續跳完鍾馗之後，才會著手破陣。

現在也沒辦法了，曉潔從帶來的包包裡面，拿出了刀疤鍾馗。

還好當時有考量到可能還是得要自己上，所以特別帶來這個么洞八廟裡面，最有靈力的鍾馗戲偶，不然現在還真不知道該怎麼辦。

將刀疤鍾馗拿出來之後，對著陣準備開始跳的曉潔，突然想到自己過去也曾經像現在這樣，為了削弱滅陣打開通道裡應外合而在J女中跳鍾馗。

那一次，是曉潔第一次實戰般的跳鍾馗，雖然說現在回想起來還是有點僥倖，但是這一次，可就不是僥倖了。

經過了兩三年的時間練習，至少，跳鍾馗這件事情，曉潔還做得來。

深呼吸一口氣，曉潔踏出第一步，開始跳起鍾馗。

趁著這個機會，亞嵐也在旁邊學習，緊緊盯著曉潔跳鍾馗的樣子。

雖然說兩人常常一起在廟裡面練習，不過像這樣實際上跳，亞嵐還是第一次看到，因此瞪大了雙眼，仔細看著曉潔的一舉一動。

比起上一次在J女中，這一次曉潔跳起來毫無阻礙，連腳步都不覺得沉重。

或許是這個陣跟當年阿畢佈下的陣有天壤之別吧，也或許是這些年來，自己的練習收到了很好的成效。

曉潔很快就毫無差錯地跳完了鍾馗，一旁的亞嵐看到了也拍手叫好，讓曉潔反而有點不好意思。

畢竟只是跳好一次鍾馗而已，這樣就得到喝采，實在有點太小題大作了。

不過就連曉潔自己，也很慶幸自己可以順利跳完。

然而現在絕對不是高興這件事情的時候，跳完鍾馗，接下來才是真正的關鍵。

在跳完鍾馗之後，只要再下一個步驟，就可以把這滅陣破了，不過這樣一來，如果鍾家續還沒逃出來，就會跟這個陣一起滅了。

雖然跳完鍾馗之後，滅陣裡面應該有個可以逃出的縫隙，不過光憑鍾家續自己絕對找不到那個縫隙，因此……

「嘟嘟妳聽我說，」曉潔沉著臉對亞嵐說：「我必須進去裡面救他。」

「啊？」亞嵐聽了一臉訝異，「沒有安全一點的方法嗎？像是丟繩索進去之類的。」

「可以是可以，」曉潔說：「不過重點還是在於鍾家續根本不知道繩索會在哪裡，而且我們這邊也不知道，順著繩索爬上來的，到底會不會是鍾家續，如果爬上來的是地逆妖，那麼這個陣根本一點意義也沒有，等於還白白犧牲了鍾家續的生命。」

曉潔講到這裡，心中不免又浮現那天殺的四個字……義無反顧。

同時曉潔也想到了，當年的阿吉確實也遇到這樣的狀況。

「我現在沒有時間細說了，」曉潔說：「我必須把握時間，嘟嘟妳要聽我說清楚。」

由於根本沒想到兩人會遇到滅，所以這些日子在傳授口訣的時候，曉潔並沒有傳授任何滅的口訣給亞嵐。尤其是原始的口訣關於滅的部分，只有一個字，剩下的都是呂偉道長的部分，裡面有很多複雜的方位與狀況，不像口訣分類得很清楚，亞嵐更不可能記得住，因此連怎麼破陣亞嵐都不會。

「我必須要進去救他，」曉潔說：「所以破陣這件事情，只能交給妳了。」

「我？」亞嵐很明顯覺得自己不行，拚命地搖頭。

當然就連曉潔也不知道這樣可不可行，不過現在真的沒有別的辦法了。

曉潔把破陣的方法與口訣反覆地告訴亞嵐，確定亞嵐都記清楚了，才準備進去。

「記住，口訣要唸出來，」曉潔對亞嵐說：「照阿吉的說法，這些口訣本身就蘊含著一些力量，妳在破陣的同時，把口訣唸出來，會增加妳的力量。」

「是這樣喔！」亞嵐訝異萬分地吐了吐舌頭說：「我一直以為你們是像那些卡通的主角，喜歡唸招式名稱，才會在最後都要唸一下。我真的以為只是為了要帥耶。」

「並不是……」曉潔白了亞嵐一眼。

再三確認亞嵐記住口訣之後，曉潔不再猶豫，準備一些可能在滅陣裡面會用得到的露水等法器，然後走到陣邊。

「我要進去了，」曉潔轉過頭來對亞嵐說：「記住，半小時一到，不管我們有沒有出來，妳都要把陣破了。」

「曉潔，」亞嵐一臉快要哭出來的樣子說：「妳一定要出來，不要把這麼殘忍的事情丟給我啊，我會痛苦一輩子的。」

確實，如果最後得要親手斷送好友的性命，可是一種永遠都難以抹滅的傷痕。

曉潔點了點頭，然後轉過來看著地上自己佈下的陣。

自己的滅陣，自己破。

大概就這樣的概念吧。

曉潔不再多想，用力朝陣中一踩，整個身影也瞬間被吸入了滅陣之中。

整個空地，只剩下亞嵐一個人，愣愣地看著那個曉潔所佈下的滅陣。

3

鍾家續完全傻眼。

自己會不會真的已經死了，眼前的這一切，根本就只是幻覺而已。

其實自己早在入滅的那一刻就已經死了吧？

剛剛地逆妖咆哮一聲之後，朝兩人撲了過來，首當其衝的就是鍾家續，不過地逆妖的速度很快，鍾家續還來不及反應，地逆妖的爪子已經朝著鍾家續的臉上揮了過來。

那力道之強，光是從臉龐邊一揮而過，都讓鍾家續的臉上留下了一條爪痕。

不過那爪子終究沒有抓到鍾家續的臉，不然現在的他，早就已經身首異處了。

爪子從臉龐邊掠過，直直揮向了後面的那個鍾馗派道士。

鍾家續是傻住了，不過那個鍾馗派道士可沒傻，閃過爪子的同時，立刻朝地逆妖攻了過去。

一人一妖立刻打了起來，鍾家續還驚魂未定，瞪大雙眼看著他們之間的攻防。

這時鍾家續才赫然發現，剛剛那個鍾馗派道士真的根本就是在跟自己玩。

這個本家的……絕對不是呂偉。

自己心中的呂偉，絕對不是這樣的善類，畢竟他就是打殘自己老爸的人。

所以如果這個鍾馗派道士真的是呂偉，也絕對不會放過自己。

但是他不但徹底保留實力，沒跟自己動真的，還沒傷害到自己。

光是現在他跟地逆妖打鬥的樣子，自己可能連他的一招都吃不起，就被打到往生了吧？

魁星七式在他手中施展起來，根本就不只是七七四十九招，從頭到尾連貫在一起，行雲流水就好像本來就是整個接在一起的。

原來這才是真正魁星七式的威力？

地逆妖的動作奇快，說不定比剛剛在上面還要快，畢竟這裡對地逆妖而言，也是個可能會喪命的地方，所以幾乎也是全力拚命地對付這個鍾馗派道士，因此光是速度，就比先前還要快。

然而詭異的地方就在這裡了，這個鍾馗派的道士，並沒有像地逆妖這麼快速，但是優勢卻很明顯全在鍾馗派的道士這邊。

只見他使出魁星七式，每一招不但都可以躲過地逆妖的攻擊，還能順勢給地逆妖來個當頭棒喝，就好像這一切早就排練好的一樣。

這個鍾馗派道士……到底是誰啊？

這個問題再度浮現在鍾家續的腦中，因為說來也有點誇張，即便在鍾家續心中幻想出來的呂偉，也沒有眼前這個道士這麼強。

鍾家續這一輩子，沒有崇拜過任何偶像，但是此刻，他就好像看到一個難以置信的大明星一樣。

而且……這個鍾馗派道士，很顯然還是有所保留，因為看他仍舊保持著笑容，一拳就打在那個地逆妖的頭上，感覺就好像在教訓一條瘋狂亂咬人的狗那樣，輕鬆愜意。

對方可是地逆妖啊！

光是在一旁看著一人一妖的對決，就讓鍾家續全身都起了雞皮疙瘩，心情詭異到了極點。

一想到自己竟然對這麼恐怖的對象動手，對方要殺自己，真的跟用手指捏死螞蟻一樣簡單，讓鍾家續有種撿回一命的感覺。

恐懼到了極點，但是同時又敬佩到了極點，兩種情緒混雜在一起，渾身不停地顫抖。那種情緒在心中不斷沸騰，一直處於高點，現在的鍾家續也不知道為什麼，光是看著一人一妖的惡鬥，身體也處於戰鬥的狀態之下。

就在這個時候，突然肩膀被人拍了一下，鍾家續二話不說，轉身就是一劈，結果一個女子的哀號聲傳入耳中，才讓他回過神來。

定睛一看，抱著頭哀號的人，正是曉潔。

「報應啊！」曉潔揉著自己的頭，眼淚幾乎都快要飆出來了，嘴巴嚷嚷著：「這絕對是報應啊！」

「報應？」鍾家續一臉狐疑。

鍾家續不知道的是，曉潔口中說的報應，是在她高二的時候，也因為某種原因導致全班入滅，當時的她也因為被滅魅搞到暈頭轉向，所以看到了自己的師父兼導師阿吉的時候，也是這樣宛如當頭棒喝般地朝阿吉的頭上捶下去。

如今立場轉過來，變成了自己被人這樣狠狠地捶下去，才會認為這絕對是報應。

「曉……潔？」鍾家續有點驚恐地看著自己的拳頭，因為剛剛那一下，還真的是卯足全力，就好像中邪了一樣。

曉潔用力的揉著自己的頭，眼角泛出了痛楚的淚光，因為這一下真的痛到讓人眼淚都飆出來了。

「對、對不起，」鍾家續也真的慌了：「我沒有想到是妳……」

曉潔一邊揉著自己劇痛的頭部，一邊看著遠處湖邊那一人一妖對打。

這時，那個鍾馗派的道士，正用腳踩住了地逆妖的頭，因此地逆妖才會發出那憤怒的哀號。

當然不用鍾家續解釋，曉潔也立刻看出，那男子的一招一式，都是非常純正的魁星七式，因此一定是鍾馗派道士。

不過曉潔完全不知道這個道士到底是誰，又為什麼會出現在這個滅陣之中，不過……看樣子踩人家的頭，似乎不單單是曉潔、阿吉這一對師徒才會做的事情。

這該不會真的是鍾馗派的傳統吧？

看到曉潔也注意到那個道士，雖然知道機會渺茫，不過鍾家續還是開口問了。

「那個是不是呂偉？」

先不要說曉潔過目不忘，認人功力一流，就算再怎麼記憶力不好，呂偉道長的相片，曉潔少說也看過不下百次，當然一眼就可以認得出來。

「那個絕對不是呂偉道長。」曉潔搖搖頭。

當然，這是可想而知的。

不，應該說就算他真的是鍾家續腦海裡面的那個呂偉，也不可能真的就是現實生活中的呂偉道長。

然而即便心裡也有了底，不過聽到曉潔否認，鍾家續還是有點失望。

那麼……這個鍾馗派道士到底是誰？

雖然對於眼前這很厲害的鍾馗派道士，有著一樣的疑問，不過曉潔進來是為了救人的，跟鍾家續沒目的的亂晃，說難聽點只是找個順眼一點的地方死去，是完全不一樣的。

「我們快逃吧，」曉潔催促，「沒有時間了。」

鍾家續點頭後，曉潔轉身離開，鍾家續也立刻跟上去。

這下子，鍾家續才真的回過神來，搞清楚目前的狀況。

曉潔，是專程進來救自己的……

鍾家續緊緊跟著曉潔，兩人轉身逃離湖邊，兩人離開之際，那個鍾馗派道士正一連好幾拳地打在地逆妖的臉上，讓鍾家續不免擔心，如果這樣下去，那個鍾馗派的道士會不會在解決了地逆妖之後，跟著追過來。

兩人離開湖邊之後，曉潔一手拿著羅盤看著方位，在前面帶著鍾家續走，一會左轉，一會右轉，不要說方位，就算要鍾家續從剛剛兩人離開湖邊照著走，鍾家續都已經辨不到了。

跟著曉潔東繞西轉，早就已經分不清前後左右了。

「那個——」正準備開口問問看曉潔是不是迷路了，需不需要一點協助，想不到才剛出聲，就立刻被打斷。

「噓！」曉潔打斷鍾家續：「別吵！」

曉潔瞪大雙眼，口中小聲地唸唸有詞，因為就現在來說，時間是最寶貴的。她需要照著口訣，算著方位與時間，一路朝著出口趕過去。否則那出口一關，兩人就出不去了，因此現在的曉潔絕對不能被任何人打擾。

兩人在森林裡轉來轉去，真的感覺就好像在原地打轉一樣，但是鍾家續不敢再開口，差不多這樣轉了幾分鐘之後，前面的曉潔終於停下腳步。

「就是前面了！」曉潔轉過頭對鍾家續說：「出口就在前面。」

繞半天好不容易聽到這句話，鍾家續精神為之一振，跟著曉潔向前衝。

衝沒兩步，前面帶路的曉潔突然停下來。

鍾家續跟著趕上前，趕到曉潔身邊一看，確實看到了遠處有一個看起來就像是縫隙的空間，憑空出現在兩棵樹之間。

不過真正的問題是，在那個空間的前面，有著滿滿的靈體散布在兩人與縫隙之間。

當然，這些都是滅陣裡面的魑魅魍魎。

因為滅陣被打開的關係，他們幾乎都被吸引到這個地方來了。

所以兩人想要不被發現，幾乎是不可能的。

「沒時間了。」曉潔沉著臉說。

「那就只能硬闖了。」

曉潔點了點頭，鍾家續也從袖中掏出了一些符。

「在我們衝出去之前，」鍾家續說：「我想說……謝了，想不到妳會進來救我。」

「不客氣，」曉潔嘴角浮現出一抹淡淡的笑容，「因為……義無反顧。」

聽到曉潔這麼說，鍾家續苦笑，兩人相視一眼，然後頭也不回地朝著縫隙衝了過去。

4

時間已經稍微超過曉潔所說的半小時。

怎麼辦？

陣前的亞嵐來回踱步，心中猶豫與急躁的情緒，全部都在這些來回踱步的腳步中表露無遺。

一手握著小刀，一手攤開來，但是亞嵐說什麼都下不了手。

不只是怕痛，更怕如果真的封下去，就再也見不到曉潔了。

該怎麼辦呢？

看著地板上的陣，亞嵐真的有種自己也衝進去看看的衝動。

不過當然亞嵐也知道，這完全於事無補，只會多增加曉潔的麻煩，或者增添一個無謂的亡魂。

就在亞嵐完全不知道該怎麼辦才好，時間又已經超過的情況下，地面上的滅陣突然有了反應，兩個人影從滅陣中竄了出來。

雖然期待已久，但是突然看到人影，還是讓亞嵐嚇了一跳，定睛一看確定這兩個人影確實就是自己等待已久的曉潔與鍾家續，亞嵐立刻迎上前去。

眼前剛回復光明，就看到亞嵐跑過來，而且手上還拿著刀子。

曉潔立刻嚇到搖著手大叫，「不要！嘟嘟！不要！是我！是我！曉潔！」

真的是被打怕了，剛剛被鍾家續打的那一拳，到現在還隱隱作痛，如果亞嵐沒看清楚，真的把手上的小刀刺過來，那就不是只有痛而已了，可能還得送醫院，因此曉潔立刻大聲叫了出來。

本來就看清楚出來的是曉潔跟鍾家續的亞嵐，見到了曉潔那嚇到失魂的樣子，覺得好氣又好笑。

「知道啦。」亞嵐笑著把刀子放下來：「我會認人，好嗎？」

「不，」曉潔驚魂未定地說：「我被打怕了，剛剛進去就被人痛捶了一拳。」

「我已經道歉了，」鍾家續一臉內疚小小聲地說：「真的不是故意的。」

這時曉潔有點披頭散髮，臉上還有一條傷痕，雖然看起來不深，不過確實流著血，右邊手臂也有被抓傷的痕跡，鍾家續看起來也差不多。

可見兩人在離開那個道士一直到出口為止，中間也經過了一番奮戰。

當然，既然曉潔與鍾家續安全逃出來了，封陣的工作自然還是回到了曉潔的肩上。

破陣需要鍾馗祖師的餘威，有種狐假虎威的味道，至少對曉潔這種道行還不夠的人來說，這是必須的步驟。

而這個步驟剛剛在曉潔跳鍾馗的時候，已經完成了，因此滅陣才會產生可以逃出來的縫隙。

趁著現在，縫隙還在，表示鍾馗祖師的餘威還在。

「破陣就要趁現在。」

曉潔立刻朝陣走過去，用手抹了一下臉頰上剛剛被抓傷的傷痕所留下的鮮血，並且在手掌上畫出北斗七星的形狀，舉起手掌準備破陣。

「驅魔……嗚嗚啊！」

才剛說兩個字，正準備打下這個破陣之掌，誰知道陣中突然冒出了一顆頭，讓曉潔嚇了好大一跳，整個人向後一跳。

三人定睛一看，眼前這顆從滅陣中竄出來的頭，正是地逆妖的頭，而且那顆頭血肉模糊，整個模樣非常恐怖，本來就已經長得有點恐怖的臉孔，此刻更是面目猙獰，張大了嘴，就好像想要吞噬任何靠近嘴邊的人。

當然曉潔跟鍾家續立刻知道是什麼情況了，應該是地逆妖擺脫了鍾馗派道士的追擊，想辦法也跟著兩人一起準備逃出來。

看到地逆妖的模樣，雖然知道那個鍾馗派道士很強，但是竟然可以把堂堂的地逆妖打成這樣，還是遠遠超過鍾家續跟曉潔的想像。

而一旁的亞嵐完全不知道在滅裡面發生了什麼事情，光是看到地逆妖被打成這副德性，瞪大了眼、張大了嘴，還以為兩人在滅裡面把地逆妖打成這樣。

「哇，」亞嵐讚嘆地說：「他是被你們打成這樣的，還是滅裡面本來就那麼恐怖？如果你們可以把他打成這樣，其實根本不需要佈下滅陣吧？」

「並不是……」曉潔搖搖頭說。

不過現在絕對不是好好把裡面發生的事情告訴亞嵐的時候，只見地逆妖不停扭動，拚了命的想要逃出來。

三人見了都不敢靠近，深怕同樣的悲劇又再次上演，萬一靠過去把地逆妖打進去，很可能又跟先前的鍾家續一樣，被地逆妖一起拉進去，因此只能站在一旁看著。

不過只能這樣在一旁觀看的結果，地逆妖向上一頂，一隻手就從滅陣之中拔了出來，三人見了立刻向後退了一步。

地逆妖用手撐住了地板，另外一隻手也跟著出來了，兩隻手撐著想要把自己從滅陣中推出來。

眼看地逆妖就要出來了，但是三人卻只能大眼瞪小眼，完全找不到辦法可以阻止他。

尤其是這裡不是教室，沒有隨處可見的課桌椅之類的東西，可以多少擋一下，因此只能眼睜睜看著地逆妖一點點地將自己從滅陣中拉出來。

就在三人束手無策之際，地逆妖的上半身已經都從滅陣中出來了，扭曲的臉孔突然轉向了三人，從血肉模糊的臉上，還是可以看得見他奮力撐開的雙眼，狠狠地瞪著三人。那眼神充滿怨恨，透露著一旦他逃出來，第一件事絕對是將三人碎屍萬段。

眼看地逆妖就快要出來了，誰知道地逆妖的臉色驟變，瞪大了雙眼，就好像看到什麼恐怖的東西一樣。

三人還搞不清楚狀況，突然地逆妖開始掙扎，右手原本還撐著地板，這時突然朝自己的背後抓，似乎有什麼東西在他的背上。

三人稍微朝旁邊站，才看清楚地逆妖的背部，只見一隻手同樣從滅陣伸出來，緊緊地掐住地逆妖的背，力道之大甚至手指的部分整個插入地逆妖的背部，讓三人都縮緊了脖子，不自覺地幫地逆妖喊痛。

當然一看到那隻手，曉潔跟鍾家續都非常清楚那是誰的手，那正是在滅陣之中的鍾馗派道士，想不到到頭來還是那個道士在裡面抓著地逆妖，才阻止了地逆妖逃出滅陣。

地逆妖痛苦至極，口中不斷發出哀號，但是仍然無法阻止自己的身體不斷被拉回去。那哀號聲淒慘無比，甚至讓三人都開始同情起那地逆妖的遭遇。

無力抵抗的結果，地逆妖在痛苦之餘，再度隱沒在滅陣中。

「趁現在！」

確定地逆妖消失在滅陣之中，曉潔衝上前，繼續剛剛未完成的工作。

看了一下手掌，北斗七星的血跡還在，曉潔向前跑，再度衝到陣旁。

「驅魔真君斷魔道，北斗七星破妖途！」曉潔高高舉起了手掌：「地滅魔之陣，自己的陣自己破！」

曉潔說完立刻一掌朝滅陣中央打下去。

這一掌打下去，地面突然好像衝出了一股氣流，狂亂吹著陣上面的曉潔。

夾在那股氣流之中，是一陣陣低鳴的哀號，聽起來就好像剛剛被抓回去裡面的地逆妖，所發出最後的哀鳴。

在那股強風過後，一切歸於平靜，地面上再也沒有任何反應，這個地滅魔之陣，也算是破了。

確定破了滅陣，也確定一切都回復太平之後，三人無力地癱軟坐倒在地上。

「如果那是你想像中的呂偉道長，」曉潔苦笑：「真的，你的想像力也太豐富了。」

「不……」鍾家續搖搖頭：「那跟我想像的呂偉，完全不一樣。」

深沉的恐懼幻化出實影，不應該是這樣子的。

那個鍾馗派道士雖然很厲害，但是絕對不是自己想像中的呂偉道長。

畢竟不管是動作還是形象，都跟自己想像的完全不一樣。

可是除了呂偉道長之外，到底還能是誰呢？

這個問題也一直存在於鍾家續的心中。

那個鍾馗派道長，不管是穿著還是外型，看起來比較像是過去的人，雖然不像電視劇那樣，一看就知道是清朝人那種，不過服裝的模樣還是跟現代人不一樣。

到底……會是誰呢？

「所以……」亞嵐瞪大著雙眼問：「解決了？」

曉潔跟鍾家續不約而同看了亞嵐一眼，然後兩人互視一眼之後，緩緩地點了點頭。

這時打倒十二種靈體之首的那種莫大成就感，才緩緩地從鍾家續心中升起。

完全無視身體的疼痛與疲憊，鍾家續從地板跳了起來。

鍾家續突然的舉動讓曉潔跟亞嵐都嚇了一跳，一臉狐疑地看著他。

只見鍾家續握著拳頭，然後緩緩地高高舉起，嘴裡也發出了興奮的叫吼聲。

兩人才知道這只是鍾家續一種打敗逆之後興奮的表現，互看一眼之後苦笑地搖搖頭。

對鍾家續來說，這可能是他人生最慘烈的一戰，打從大一開始，四處奔走抓到的所有靈體，都在滅陣與先前的逆妖之戰中，消耗殆盡，真的是一張不剩，甚至連那個自己以為這輩子都不會捨得用的天惑魔，也在佈下滅陣的時候用掉了。

「雖然我耗盡了所有的符，」鍾家續搖搖頭說：「不過能夠打倒逆……值得！」

聽到鍾家續這麼說，亞嵐跟曉潔兩人都笑了出來。

是的，這個成就，不再是什麼證明自己是獨當一面的道長，而是一個更為光榮的勳章，一個不管是鍾馗派還是鬼王派的道士，終其一生都可能沒有辦法達成的成就。

鍾家續大聲咆哮歡呼起來，在這寧靜的山頭，也能聽到一陣陣的回音。

終於，這個作亂了三百多年的地逆妖，就在曉潔與鍾家續，這個鬼王派與鍾馗派現存最後的傳人聯手之下結束了。

雖然還是有很多疑惑，在這個熱鬧的夜裡懸而未決，不過那些到時候再說也無妨，現在的三人只想要享受這勝利的時刻，更重要的是，透過了這場對決，鍾馗派與鬼王派之間的紛爭，也終於可以正式畫下句點。

是的，經過了這麼多次的生死考驗，經過了這麼多次的彼此信任，曉潔跟鍾家續之間的羈絆，也已經在這些磨練之中，悄悄地建立了起來。

當然，鍾家續非常清楚，曉潔也知道，今天如果不是雙方拋下恩怨，聯手對抗逆妖，這個成就光憑雙方各自努力可能真的終其一生都沒辦法達成。

鍾家續伸出了手，曉潔也迎上前去，握住了這代表著彼此永遠放下恩怨，重新開始的手。

和平之路，現在才正要展開。

只是三人不知道的是，就在這個時刻，有一個男子與女子，正在遠處看著他們，而他們的出現，也將會為這個夜晚，帶來一波更大的高潮。

尾聲・重逢

1

今晚的月光明亮，即便沒什麼照明，也可以清楚地看到眼前的事物。

就在這樣的夜裡，曉潔、鍾家續以及亞嵐，三人聯手，靠著鍾馗派與鬼王派的合作無間，戰勝了十二種靈體中，最上位的逆。

會有這樣的成就，絕對不是偶然，今晚曉潔跟鍾家續，出現了這幾百年來，不曾發生過的情況。

打從分家以來，就勢如水火，互相仇視的兩家，有史以來第一次合作。

透過這樣的合作，雙方補足了彼此的不足，雙方聯手綻放出來的火光，確實照亮了這個夜晚。

而這歷史性的一刻，不是只有三人見識到，在一旁的森林中，一男一女也目睹了這一切。

其中的男子現在叫阿皓，過去是阿吉，是個只有在月光底下，才能片刻甦醒的男人。

看到兩人的手法，雖然只有最後關鍵的時刻，不過對熟悉這一切的阿皓來說，很快就進入狀況，也明白兩人使用的方法。

想不到，真的想不到。

才短短不到幾年的時間，曉潔竟然可以成長到這種地步。

佈下滅陣、對付逆妖，不管哪一個都是一般鍾馗派道士，一輩子都無法達成的成就。

雖然這個地逆妖，確實是阿皓所看過最弱的逆妖，弱的程度甚至有點丟逆妖的臉，不過也絕對不是一般鍾馗派道士可以應付得來的。

因此即便是兩人聯手，這成就也非同小可。

阿皓來到這個過去自己也還算熟悉的地方，看到了那個過去自己曾經對付過的對手，回憶全部湧上了心頭。

當年的他來到了這所大學就讀，結果就遇到了這傢伙，潛伏在大學宿舍裡的黑暗中，準備對無知的學生伸出魔爪。

原本就打算來這所大學好好試試自己的身手，遇到了這個機會，阿皓自然不會放過，可是想不到蹦出來的竟然會是一個地逆妖，確實也讓當時的阿皓嚇了一跳。

雖然當年的阿皓與現在的曉潔、鍾家續差不多大，但是三人之間的經驗差距，恐怕真的跟天與地的差別一樣，光是阿皓一個人的經驗，就比兩人加起來還要多上好幾倍。

更重要的是，這時的阿皓早就有跟逆交手過的經驗，而且還不止一次，只是先前都有呂偉道長在身邊，阿皓只是在旁邊跳鍾馗。

這樣獨自對抗地逆妖，也是阿皓當時的第一次，原本還有點擔心與不安，誰知道一交手，立刻發現這個地逆妖的實力，不像自己想像的那麼強大。

果然雙方打沒多久，這個地逆妖就被打回地裡，說什麼也不肯出來。

阿皓用盡了各種手段，那個地逆妖就是不肯出來，在引誘地逆妖出來的過程之中，還意外在牆壁中發現一個藏得很隱密的血染鍾馗戲偶。

眼看對方不肯出來，阿皓其實也沒辦法，於是將血染鍾馗戲偶拿出來之後，決定把他封起來。

「既然你喜歡躲，老子就把洞口封住，讓你一輩子出不來！」阿皓對當時的地逆妖嗆道，不過地逆妖還是不願意出來。

於是第二天，阿皓到附近的後山，把附近所有的縛靈全部叫出來，並且把他們吸引過來，一次對付了四十九個縛靈，把他們全部制伏、定住之後，帶回宿舍，佈下四十九縛靈陣，將地逆妖封印起來。

結果這個地逆妖，確實幫阿皓賺到了未來幾年的住宿費，由於在過程中發現了血染戲偶，因此阿皓認為這個地逆妖有可能跟鬼王派有關。於是住宿的大學期間，阿皓也等於在旁邊守著，一邊監視等待著鬼王派的人上門。

只是四年下來卻一直沒有等到人，因此阿皓猜想那個鬼王派的人，應該已經不在人世間了。

畢竟對鬼王派的人來說，像這種血染本命鍾馗戲偶，根本就等同於鬼王道士的生命。像這樣本命鍾馗失去了四年，都沒有半點反應的鬼王派，多半只有一個原因，就是已經死了。

如此一來阿皓對整起事件的推測，大概就是當年鬼王派的人確實來到這裡，本來想要收服地逆妖，但是最後卻反被地逆妖所殺。

至於是誰把血染戲偶塞到牆壁中藏好，這就不是阿皓想知道的了，畢竟鬼王派很可能已經全滅的現在，還在追究到底是誰放的，不是很有意義，他最討厭做的就是沒有意義的事情。

總之事情解決了，阿皓後來大學也畢業了。

當然他作夢也沒想到過了這些年之後，這個地逆妖會破陣而出，還被自己的弟子打敗。

只是他們打敗的，是當年打不過阿皓，還被阿皓打傷的地逆妖。

一切真的有如當年自己的師父說的「宿命」一樣，繞了一大圈，最後還是回到了原點。

當年在這裡，似乎逃過一劫的地逆妖，最後還是被當年那個年輕人的徒弟打敗。至於當年還以為會在這裡遇上鬼王派的傳人，一等就是四年的阿皓，最後還是回到了這裡，也真的見到了鬼王派的傳人。

這種種一切都讓阿皓感到五味雜陳，一時之間各種情緒在心中激盪。

不過阿皓不知道的是，自己所看到的也不是這整起事件的全貌。

沒錯，曉潔與鍾家續對付的這個地逆妖，因為身受重傷，所以比起阿皓對付他的時候還要弱，然而阿皓不知道的是，這個地逆妖之所以那麼弱，有個非常重要的原因，那就是阿吉遇到這個地逆妖的時候，實際上就已經是負傷狀態了。

而當年打傷這個地逆妖的人，正是鍾馗派多年前的一個傳奇人物，也就是被人稱為鍾馗本家的最後一位傳人——鍾九首。

明末清初時代，鍾九首跟著自己的好兄弟，行軍到這個地方，被地逆妖襲擊。

鍾九首挺身而出，與地逆妖對決，交手過程之中，地逆妖被鍾九首重創，奄奄一息的他趁著鍾九首不注意的時候，鑽入地底，說什麼都不肯出來。

最後鍾九首沒辦法，為了不耽誤行軍的行程，只能揚長而去。

只是鍾九首給地逆妖的傷害太重，即便過了多年也沒辦法復原，一直蟄伏在地底。

後來過了多年之後，這塊地方成為了C大的校地，在建校時出了點差錯，導致風水出問題，靠著風水之力，地逆妖一點一滴回復著元氣，接著這時來了個鬼王派的傳人鍾齊德，本來只是在這裡讀書，卻想不到因為呂偉道長的關係，被打殘了，最後也沒回來取回血染的鍾馗戲偶，那鍾馗戲偶就一直藏在牆中，使得地逆妖甦醒過來。好不容易恢復了些許氣力，正準備再度作亂之際，又遇到了來這邊念書的阿浩，當場又把他打到地底不敢冒頭。

當地逆妖被吸入滅陣中，由於滅陣是以天惑魔為基底架構而成，結果地逆妖內心的恐懼，被天惑魔創造出來，因此剛剛那個在滅陣裡面的鍾馗派道士，正是傳奇道士鍾九首。

如果當時鍾家續知道這件事情，或許會腿軟到完全無法逃出滅陣吧？

畢竟過去有很多人相信，鬼王派之所以會淪落到現在這種地步，都是因為「鍾九首的詛咒」。

至於當年的鍾九首為何會流浪至此，而他跟鬼王派之間有著什麼樣的恩怨情仇，那又是另外一個故事了。

總之不管是阿皓還是鍾家續，都不知道那個傳奇跟自己距離竟然是如此的近。

不然光是這之間的因緣際會，可能又會讓阿皓感嘆個半天。

這時，一個女人的手輕輕拍了拍阿皓的肩膀。
「阿皓，」女子溫柔地在阿皓耳邊提醒著，「注意時間。」
「嗯，」阿皓點了點頭說：「走吧。」
兩人緩緩地步出森林，也即將為這個動盪的夜晚，帶來一個最驚喜的結局。

2

鍾家續勝利的咆哮聲，響徹這個夜晚。
一旁的曉潔面帶著微笑，雖然說沒有像鍾家續這麼激動，不過心中確實也有很大的成就感。
這個成就感不單單只是成功佈下滅陣，消滅逆妖，還包含著可以再度與鍾家續聯手，讓兩派之間可以放下過去的恩恩怨怨，並且朝著和平的未來前進。
一切都如此美好，讓曉潔感覺到好像夢境一樣不真實。
而就在這個時候，兩個身影從森林中走了出來，最先看到的亞嵐，皺起了眉頭，雖然臉上還是笑容，不過也逐漸和緩。

鍾家續看到亞嵐的目光，也跟著轉過去，果然在樹林邊看到了一對男女。

看到兩人這模樣，曉潔也跟著轉了過去，然後瞪大了雙眼，笑容也僵住了，整個人震驚的模樣，讓一旁的亞嵐跟鍾家續都有點愣了。

那一男一女朝三人走了過來，掛在男人臉上的笑容，還有那一頭金髮，是她直到現在作夢都還會夢到的。

淚水瞬間淹沒了眼眶，曉潔渾身顫抖起來，鍾家續跟亞嵐都被曉潔這模樣嚇到了。

「我不是在作夢吧……」曉潔喃喃地說。

男人的出現，證明了她這兩三年來，夢寐以求的夢想，真的實現了。

「你還活著？」曉潔早已淚流滿面，「你真的還活著嗎？」

月光底下，男子的臉上掛著一抹溫柔的笑容，輕輕地點了點頭，在亞嵐的眼中，這個笑容不知道為什麼，帶有一點滄桑的感覺。

不過在曉潔的眼中，那是世界上最美的笑容。

「好久不見，妳真的長大了。」男子說。

這句話彷彿魔法一般，將曉潔全身激動的情緒引爆，她衝上前去，二話不說用力地抱住男子，那力道感覺就好像要把男子掐死一樣。

看到曉潔這舉動，不只有亞嵐跟鍾家續看傻了眼，就連跟著男子一起前來的女子，也顯得驚訝。

「啊——！」曉潔哭叫道：「你還活著！阿吉！你真的還活著！」

聽到曉潔這麼叫，亞嵐終於明白了，這男子竟然是阿吉？那個為了曉潔而犧牲了自己的師父？他……還活著？

雖然搞不懂為什麼，不過比起一旁完全好像被雷劈到的鍾家續來說，亞嵐至少還清楚一點——

「他是曉潔……本來……應該……好像……死掉的……師父。」亞嵐向一旁的鍾家續解釋。

「啊？」

當然，此刻的曉潔根本不管眾人的感受，對他來說，阿吉還活著，就是今晚最美好的一件事情，不，幾乎可以說是她人生中所發生過最美好的事情。

「阿吉……嗚嗚嗚……」

曉潔早就已經泣不成聲，但是那雙手卻抱得緊緊的，彷彿只要一鬆手，阿吉就會不見了一樣。

月光下，看著這對師徒相擁的畫面，原本應該極為感人，可是在鍾家續的臉上，卻不知道為什麼有點酸楚，而那個與阿吉一起前來的女人，也是一臉尷尬又帶有點難過的樣子。這些全部都看在亞嵐的眼裡。

而緊緊抱著阿吉的曉潔，在淚眼矇矓之間，也看到了那個站在後面，尷尬地看著自己與阿吉的女子。

很眼熟，曉潔非常確定自己看過她，對，這女人曾經來過么洞八廟，參觀呂偉道長生命紀念館，原來那個時候……

不！現在的曉潔不想想那麼多，對她來說，阿吉還活著，就是最好的禮物，這是最好的一夜。

當然，面對這樣開心的曉潔，阿吉的臉上也掛著一抹淡淡的笑。

一切看起來就是如此的美好，而就在最後一刻，阿吉的雙眼突然一變，銳利的眼光，化成雙刀，直直射向鍾家續這邊……

沉浸在幸福時光中的曉潔，當然完全不知道，只希望此時此刻的一切，可以一直持續到永遠。

曉潔現在才知道，沒有什麼比失而復得還更值得讓人感到開心與感動。

明月當空，幸福洋溢，但是這夜……才正要開始而已。

外傳．敬請期待

後記

大家好，我是龍雲，很高興在這邊跟大家見面。

就這樣，又一部小說來到了最後。

或許是各人習慣，也或許是一種宿命，關於驅魔教師系列第二部，其實是在寫驅魔教師第一部的時候，慢慢醞釀出來，一直到寫第六集血戰的時候，完成大概的架構。

雖然說有了架構，不過實際上寫出來，也有許多不一樣的地方。而這些不一樣的地方，往往會讓故事的走向有了很大的變化。

也因為這樣的變化，帶給了編輯不少的困擾，聽說被上層關切了好幾次，在此也特別對辛苦編輯這套小說的海豚編與鍾主編說聲抱歉與感謝。

至少這是我第一次為了小說的架構與安排，到出版社開會。

不過經過了這次開會的機會，也讓我更加了解到這部小說的背景，原來比我想像中還要複雜與深厚。畢竟如果不是為了開會，這些背景只會在腦中，可能有些部分永遠都不會有出世的一天。

這部小說從許多角度來說，都是非常值得紀念的一部小說，也是我個人非常喜歡的一部。同樣希望你們也會喜歡。

再次感謝各位的閱讀，也期待未來與大家再次見面。

那麼就這樣囉，我們外傳再見。

龍雲

龍雲作品 17

縛靈宿舍：少女天師

國家圖書館出版品預行編目資料

少女天師. 6, 縛靈宿舍 ／ 龍雲 著. — 初版. —
臺北市：春天出版國際, 2017. 06
面； 公分. —（龍雲作品；17）
ISBN 978-986-94824-9-3（平裝）
857.7 106008314

ISBN 978-986-94824-9-3
Printed in Taiwan

作者	龍雲
封面繪圖	B.c.N.y.
總編輯	莊宜勳
主編	鍾靈
責任編輯	黃郁潔
美術設計	三石設計
出版者	春天出版國際文化有限公司
地址	台北市信義區信義路四段458號3樓
電話	02-7718-0898
傳真	02-7718-2388
E-mail	story@bookspring.com.tw
網址	http://www.bookspring.com.tw
部落格	http://blog.pixnet.net/bookspring
郵政帳號	19705538
戶名	春天出版國際文化有限公司
法律顧問	蕭顯忠律師事務所
出版日期	二〇一七年六月初版
定價	249元
總經銷	楨德圖書事業有限公司
地址	新北市新店區寶興路45巷6弄6號5樓
電話	02-8919-3186
傳真	02-8914-5524

龍雲
作品

龍雲
作品

龍雲
作品

龍雲
作品